Maj Sjöwall / Per Wahlöö

Lang, lang ist's her

Stories

Deutsch von Angelika Macho
und Eckehardt Schultz

Rowohlt

Angelika Macho übersetzte
«Dänisches Intermezzo»,
Eckehardt Schultz «Lang, lang ist's her»,
«Der Suppenwürfel» und «Lucia delle Fave»

Veröffentlicht im
Rowohlt Taschenbuch Verlag GmbH,
Reinbek bei Hamburg, Juli 1996
Die Erzählungen der vorliegenden Ausgabe
wurden aus «Schwarze Beute Nr. 2, 3, 7, 8»
entnommen
Copyright © 1987, 1988, 1992, 1993 by
Rowohlt Taschenbuch Verlag GmbH,
Reinbek bei Hamburg
Alle deutschen Rechte vorbehalten
Umschlaggestaltung Beate Becker/Gabriele Tischler
(Foto: G + J Photoservice)
Satz Sabon (Linotronic 500)
Gesamtherstellung Clausen & Bosse, Leck
Printed in Germany
200-ISBN 3 499 22093 8

Inhalt

Maj Sjöwall
Lang, lang ist's her 7

Maj Sjöwall / Per Wahlöö
Der Suppenwürfel 35

Maj Sjöwall / Bjarne Nielsen
Dänisches Intermezzo 46

Per Wahlöö
Lucia delle Fave 108

Maj Sjöwall

Lang, lang ist's her…

Obwohl das Schneegestöber ihr Gesicht peitschte und der Schneematsch in ihren linken aufgerissenen Schuh drang, war Blondie in bester Laune. Schon beim Aufwachen hatte sie das bestimmte Gefühl, dieser naßkalte Januartag würde ihr Glück bringen, und dieses Gefühl nahm zu, als sie am späten Vormittag die Papierkörbe am Ringvägen abklapperte und eine so reichliche Ernte an Blechdosen und leeren Flaschen einfuhr, daß ihre beiden großen Plastiktüten bis zum Rand gefüllt waren.

Bei *Metro* in Ringens Einkaufszentrum konnte sie für die Quittung aus dem Dosenautomaten achtzehn Kronen kassieren, und in *Systembolaget* auf Götgatan rasselten zwei Zehner und vier Kronenstücke in die Münzausgabe des Leergutautomaten.

Blondie glättete die Tüten auf dem Tresen und faltete sie zu kleinen Paketen, die sie in die großen Taschen ihres weiten Herrenmantels stopfte, dabei blickte sie sich in dem hellen Laden aufmerksam um. Gemütlich war es hier, fand sie, besonders wenn viele Leute da waren, so wie jetzt in der hektischen Mittagspause an einem Freitag. Na, und all die glänzenden Reihen der Flaschen in den Glasschränken an einer der Längswände. Sie blieb eine ganze Weile stehen und besah sich die feinen, teuren Weine und die Champagnerflaschen, die auf ihren Drehständern im Vitrinenschrank würdevoll an ihr vorbeizogen.

Zusammen mit den zwölf Kronen, die sie bereits in der Tasche gehabt hatte, besaß sie nun genügend Geld, um sich eine halbe Flasche Dessertwein leisten zu können und trotzdem noch siebzehn Kronen übrigzubehalten, aber nach sechs trockenen Tagen hatte ihr Verlangen nach Alkohol eher abgenommen, als daß es größer geworden wäre, wie sie eigentlich erwartet hatte. Sie stellte sich vor, daß das wohl mit dem Alter zusammenhing. Als man jünger gewesen war, hatte das Saufen mehr Spaß gemacht, jetzt ging es einem beinahe besser, wenn man nüchtern blieb.

Manchmal trank man Alkohol, nur weil eben welcher da war oder um sich bei der Kälte warm zu halten. Außerdem konnte sie es sich ja immer noch anders überlegen, bis *Systembolaget* schloß.

Sie rückte den Riemen ihrer Schultertasche zurecht und trat hinaus in das Schneetreiben. Der Strumpf an ihrem linken Fuß war durchnäßt, und ihre Zehen froren. Blondie entschloß sich, etwas dagegen zu tun, und weil sie sich wohl und selbstbewußt fühlte, würde es sicher auch elegant funktionieren.

Zielstrebig patschte sie mit schnellen Schritten durch den Matsch über die Straße und trat in das Warenhaus *Åhléns*. Die Strumpfabteilung befand sich im Erdgeschoß, und sie ging eine Weile zwischen den Regalen hin und her, bis sie überzeugt war, nicht beobachtet zu werden. Schnell raffte sie ein Paar dicke Socken und ließ sie in ihre Tasche gleiten.

Für jemanden, der so abgerissen und arm aussah wie sie, war das Klauen gefährlich. Sie brauchte nur in einen Laden zu treten, schon zuckten die Verkäuferinnen zusammen und schienen selbstverständlich davon auszugehen, sie käme nur, um zu stehlen. So was

9

wußte sie aus Erfahrung. Deshalb klaute sie selten und nur wenn sie ganz sicher sein konnte, von niemandem beobachtet zu werden.

Auf dem Weg zum Ausgang blieb sie da und dort stehen, faßte die eine oder andere Ware prüfend an, während sie herauszufinden versuchte, ob sie nicht doch observiert worden war. Dann ging sie ruhigen Schrittes durch die Türen ins Freie und überquerte die Straße, ohne daß jemand sie aufzuhalten versuchte.

Die Zehen waren nun fast gefühllos, aber Blondie war in guter Stimmung, denn sie hatte sich überlegt, wie sie es anstellen konnte, ihre Füße schnell wieder warm und trocken zu kriegen.

Die Leute schienen in einem unübersichtlichen Gewimmel in entgegengesetzter Richtung unterwegs zu sein, als sie Götgatan in nördlicher Richtung hinaufging. Mehrmals wurde sie von entgegenkommenden Jugendlichen in die Seite geboxt, und als ein junger Mann, der so aussah, als sei er doppelt so groß wie sie, ihr in die Seite stieß, so daß sie beinahe in den Matsch fiel, schrie sie ihm nach:

«Bin ich vielleicht durchsichtig? Siehst du mich nicht? Verdammter Bengel!»

Auf Åsögatan war kein Gedränge mehr, nur wenige Menschen begegneten ihr, bevor sie am Ziel war.

Blondie stieß die Tür zur Ambulanz auf und ging die Treppe hinauf. Viele Male schon war sie hier auf die Toilette gegangen, und nur einmal war sie hinausgeworfen worden, ehe sie das Klo erreicht hatte, und hatte sich in einem Hauseingang in der Nähe hinhocken müssen, um ihr Geschäft zu machen.

Vor dem Empfang hatte sich eine kleine Schlange gebildet, und die weißgekleidete Frau hinter der Scheibe schien vollauf beschäftigt zu sein. An einem Ende der Theke, die vor dem Schalter entlanglief, standen ein Stuhl und zwei Körbe, einer für neue Schuhüberzüge und einer für die gebrauchten. Blondie setzte sich und zog die blauen Plastiktüten über ihre Schuhe. Dann stopfte sie sich ein weiteres Paar in ihre Tasche, stand auf und ging mit schlurfenden Schritten auf die Toilette. Niemand in der Schlange würdigte sie eines Blickes, und die Frau am Empfang blätterte in ihren Papieren.

Blondie setzte sich auf den Klodeckel und

zog sich die Schuhe und die Strümpfe aus. Sie nahm ein dickes Bündel Papierhandtücher aus dem Behälter und knetete ihren Fuß, bis er trocken und warm war. Dann zog sie sich die soeben gestohlenen Strümpfe an, streifte einen Schuhüberzug über jeden Fuß und band sich die Schuhe wieder zu. So wie jetzt mit warmen und trockenen Füßen fühlte sie sich pudelwohl, und daß sich die hellblauen Plastikkanten mit dem Gummizug in bauschigen Falten um ihre Knöchel legten, sah sogar richtig witzig aus, fand sie.

Als sie auf die Straße kam, hatte es aufgehört zu schneien, und sie blieb einen Augenblick unschlüssig stehen, bevor sie sich nach rechts in Richtung Renstiernas gata auf den Weg machte. Vor der Apotheke stand eine Flasche, in der Kirschwein gewesen war, und die rollte sie in eine ihrer Plastiktüten und stopfte sie in die Umhängetasche. Sie ging weiter hinunter Richtung Nytorget, wo die Säufer sich gewöhnlich herumdrückten. Nicht eigentlich, weil sie sich in ihrem nüchternen Zustand nach der grölenden und lallenden Gesellschaft dieser Leute sehnte, und außerdem würden die bei so einem Wetter auch kaum dort herumhängen.

Blondie kam sich plötzlich untätig und auch ein wenig unschlüssig vor nach dem, was sie an diesem Tag schon alles erfolgreich hinter sich gebracht hatte. Vor ein paar Wochen noch hätte sie jetzt anfangen müssen, sich um ein Nachtquartier zu kümmern, aber sie hatte ja die Kajüte auf dem Schlepper am Söder Mälarstrand für einige weitere Wochen zur Verfügung gestellt bekommen, und solchen Luxus hatte sie lange nicht mehr genossen.

Bei den großen Kunststoffbehältern an der Ecke Skånegatan entdeckte sie Öland. Er stand auf Zehenspitzen auf einem umgedrehten Milchkasten und hatte den Arm tief in das Loch gesteckt. So versuchte er, an die oberste Schicht der Flaschen heranzukommen. Wenn die Oberkante der dort hineingeworfenen Flaschen das Loch erreichte, konnte man manchmal eine ganze Reihe von Pfandflaschen aussortieren, aber wie es jetzt aussah, war der runde Behälter kaum mehr als bis zur Hälfte gefüllt. Öland schien beinahe zwischen den Flaschen zu verschwinden, so wie er da auf Zehenspitzen stand und ächzte.

«Tag, Öland, wie geht's denn so?»

Öland zog den Arm heraus und sprang von dem Kasten herunter.

«So la la. Die liegen zu tief drin. Man muß ein paar Tage warten. Wie geht's dir denn so, meine Lilie, meine kleine Rose?»

«Also, bei mir ist alles bestens», antwortete Blondie. «Spitze, wirklich.»

Beinahe wäre ihr die Sache mit dem Schlepper rausgerutscht, aber sie riß sich noch rechtzeitig zusammen. Im letzten Winter hatte Öland sich Zutritt zu einem Haus auf Kocksgatan verschafft und Blondie zwei Monate in sein Schlafgemach in der Waschküche des Hauses mitgenommen, ehe sie beide dort entdeckt wurden. Wenn Öland etwas von der Kajüte erfuhr, würde er vielleicht darauf bestehen, dort mit unterzuschlüpfen, sozusagen als Gegendienst, und das kam gar nicht in Frage. Wenn sie nun schon ein einziges Mal ein eigenes Heim hatte, auch wenn es nur vorübergehend war, wollte sie das unter gar keinen Umständen mit jemandem teilen.

«Na, denn isses ja gut, Schätzchen», sagte Öland. «Fliegende Fahnen und klingendes Spiel, Laune bestens. Haste was zu rauchen?»

14

«Nee. Und nichts zu trinken und keine Kohle. Da biste bei mir an der falschen Adresse, Örjan Lage Andersson. Bist du eigentlich jemals auf Öland gewesen?»

«Nee, den Namen haben se mir beim Barras verpaßt. Da gab es auch einen, den se Gotland genannt haben. Aber der war von da, glaub ich. Was hastn da für komische Dinger anne Füße?»

«Na ja, die Schuhe sin undicht, da hab ich mir Isolierungsmaterial organisiert.»

«Sieht nicht schlecht aus», lobte Öland und blickte hinunter in den Park. «Heute keiner von den Kameraden draußen.»

«Hast recht, die sitzen wohl zu Hause in ihren Schlössern und trinken Champagner.»

Blondie sehnte sich ebenfalls nach einer Zigarette, und so beschlossen sie, hinunter zu *Systembolaget* in Folkungagatan zu gehen. Da bildete sich freitags immer eine Schlange, und es bestand die Chance, jemanden zu finden, den man um eine Zigarette anhauen konnte. Tatsächlich gelang es beiden auch sofort, von einer Gruppe von Bauarbeitern, die dort vor der Tür darauf warteten, an die Reihe zu kommen, eine Zigarette zu erbetteln.

Danach wanderten Blondie und Öland den Rest des Nachmittags ziellos auf Söder umher. Blondie gab Öland eine ihrer Plastiktüten, und sie teilten geschwisterlich, was sie so in Papierkörben und Containern fanden.

Blondie war eigentlich gern mit Öland zusammen, aber als es nach der kurzen Dämmerung richtig dunkel geworden war, überlegte sie doch, was sie zum Vorwand nehmen konnte, um sich von ihm zu trennen, ohne zugeben zu müssen, daß sie ein Ziel hatte. Sie war hungrig, sehnte sich nach ihrem Zuhause und hatte überhaupt keine Lust, die ganze Nacht mit ihm umherzutrotten.

Das Problem löste sich von selbst, als sie bei Björns Trädgård ankamen. Dort trafen sie nämlich einige von Ölands Kumpanen, die genügend zu trinken bei sich hatten, und daher konnte Blondie ihren Weg ohne irgendeine Erklärung fortsetzen.

Es war kälter geworden, und die Sterne funkelten am Himmel. Der Schneematsch war zu Eis gefroren, und sie schlurfte vorsichtig mit kurzen Schritten auf ihren glatten, abgenutzten Sohlen.

Unten an Maria Trappgränd fand sie einen Einkaufswagen, den jemand dort stehengelassen hatte. So einen kann man immer brauchen, überlegte Blondie, und außerdem kann ich mich auf dem Weg nach Hause daran festhalten.

Sie legte ihre Tasche mit dem zusammengesammelten Inhalt in den Wagen und begann das klappernde Gefährt vor sich her zu schieben.

Nach einem glücklichen Tag würde sie bald zu Hause sein.

Netta wachte davon auf, daß ihr Arm weh tat. Sie lag in Olofs Bett, und im Schlaf hatte er sich halb auf sie draufgewälzt, so daß seine harte Schulter sich in ihren Oberarm bohrte.

«Au!» sagte Netta und knuffte ihn, während sie versuchte, den Arm freizubekommen. «Rück mal 'n Stück, du Brummbär.»

«Was is 'n los, was is 'n los», nuschelte Olof, drehte sich um und schlief wieder ein.

Netta blickte auf die Uhr. Bald halb acht, viele Minuten hatte er also nicht mehr zu schlafen. Obwohl heute Freitag war, und freitags nahm er sich meistens frei, mußte er um neun zu einer wichtigen Besprechung, und bevor sie gegen vier eingeschlafen waren, hatte sie ihm versprochen, ihn so rechtzeitig zu wecken, daß er pünktlich sein konnte.

Sie saß eine Weile auf der Bettkante und spürte, wie es in ihrem Kopf pochte, dann stand sie auf, zog den Morgenmantel an und ging die Treppe hinunter in die Küche.

So schlimm sah es da gar nicht aus. Das Geschirr vom Abendessen stand über dem Geschirrspüler gestapelt, und sie hatte immerhin noch die Tassen, Cognacschwenker und Aschenbecher aus dem Wohnzimmer hinausgetragen und sie auf den Küchentisch zwischen Erdnußschälchen und Trinkgläser gestellt.

Sie spülte eines der Gläser, füllte es mit kaltem Wasser und legte zwei Treo-Tabletten hinein. Während die Flüssigkeit klarer wurde, räumte sie den Küchentisch leer, wischte ihn ab und legte das Geschirr in die Spülmaschine.

Sie leerte das Glas, in dem die Tabletten sich aufgelöst hatten, ließ es wieder voll Wasser laufen, tat Treo hinein, setzte sich hin, stützte den Kopf auf die Hände und wartete auf das Nachlassen des Hämmerns in ihrem Kopf.

Angefangen hatte es damit, daß die Nach-

18

barn, Sivan und Klutte, mit einer ganzen Reihe eigenartiger Flaschen herübergekommen waren, um sie zu einem Drink einzuladen, den zu mixen sie auf Jamaica gelernt hatten. Zu Anfang war der auch verdammt gut gewesen, mit Rum und Fruchtsäften und Eis und Beeren und Gott weiß was noch, aber nach dem dritten Glas schmeckte er nur noch süßlich klebrig, und sie beschlossen, daß Sivan und Klutte zum Essen dableiben sollten. Danach tranken sie Schnaps zu Anchovis-Schnittchen und warteten, bis der Auflauf zum Lammfilet fertig war. Na, und dann tranken sie diesen neuen Médoc-Wein, von dem Olof einen ganzen Karton mit nach Hause gebracht hatte, jeder mindestens eine Flasche, wenn sie es richtig überlegte. Und danach Kaffee und Cognac, und als Sivan und Klutte nach Hause gewankt waren, hatten Netta und Olof weiter Cognac getrunken, und dann hatten sie angefangen, sich über irgend etwas zu streiten, an das sie sich nicht mehr erinnern konnte, schließlich hatten sie sich wieder ausgesöhnt, aber zum Bumsen waren sie dann doch nicht mehr in der Lage gewesen. Kein Wunder, daß sie sich jetzt so fühlte.

Die Kopfschmerzen schienen ein wenig abzunehmen, und Netta setzte Kaffee auf, preßte vier Apfelsinen in zwei Gläser aus, trank das eine hastig aus, nahm das andere in die rechte und das Treo-Glas in die linke Hand und ging hinauf, um Olof zu wecken.

Das war nicht leicht, aber schließlich richtete er sich auf, trank die beiden Gläser aus und ging ins Bad. Währenddessen setzte Netta sich an den Frisiertisch und begann, die Reste des Make-ups von gestern zu entfernen, die sie bei Tageslicht nicht gerade hübscher aussehen ließen.

«Fünfundfünfzig Jahre, wie gräßlich, und man sieht es», sagte sie zu ihrem Spiegelbild. «Altes Weib!»

Olof kam zurück und begann sich anzuziehen.

«Verflucht noch mal, wie kann man nur so verrückt sein und sich am Abend vor einer so wichtigen Besprechung vollaufen lassen.»

«Müssen dich diese Japaner denn heute wirklich noch mal sprechen?» fragte Netta. «Ihr habt doch die ganze Woche über zusammengesessen. Nehmen die sich in Japan denn niemals frei?»

«Nee, die arbeiten immer.»

«Ist deine eigene Schuld. Na, und ich, ich habe versprochen, zu Mama nach Äppelviken zu fahren und mich dort mit Tante Sara zu treffen, die aus Italien wiedergekommen ist. Das ist mindestens ebenso anstrengend wie ein Haufen Japaner.»

«Diese gesellschaftlichen Verpflichtungen den Nachbarn gegenüber gehen mir auf die Nerven», brummte Olof und suchte einen passenden Schlips aus.

Jetzt fiel Netta ein, worüber sie sich gestritten hatten. Olof wollte das Haus verkaufen und in die Stadt ziehen, jetzt nachdem die Kinder ausgeflogen waren. Aber das wollte Netta nicht. Denk an die Enkelkinder, hatte sie gesagt. Die müssen doch mal raus aufs Land kommen. Welche Enkelkinder? hatte Olof gefragt. Na, wir werden doch irgendwann mal Enkelkinder haben, hatte Netta zu bedenken gegeben, und Olof hatte auf die ihm eigene trockene Art nur geantwortet: Das glaube ich nicht, sowohl Madeleine als auch Christer sind viel zu egoistisch, um sich Kinder anzuschaffen. Und damit war der Streit in vollem Gange.

Aber im Augenblick hatte Netta weder Lust noch die Kraft, sich zu streiten, sie hielt

sich also zurück, während sie neue Mascara
auf ihre Augenlider pinselte.

«Ich muß mich jetzt beeilen», stellte Olof
fest. «Wir essen mittags mit den Japsen, und
dann müssen wir raus und den ganzen Nachmittag lang die neuen Lagerhallen in Stuvsta
ansehen.»

«Wann kommst du nach Hause?»

«Um sechs bin ich sicher wieder hier.
Spätestens. Wir essen dann was Leichtes,
nicht? Und dann ziehen wir alle Vorhänge zu
und schließen die Tür ab und lassen keine
Menschenseele über unsere Schwelle.»

«Richtig, und wir ziehen den Telefonstek-
ker raus», ergänzte Netta. «Hummer. Der ist
jetzt billig. Der frische amerikanische, den sie
bei *Hammarströms* selbst kochen. Ich kaufe
ihn ein.»

«Prima», stimmte Olof zu. «Und Champagner. Nur Champagner. Keine süßlich
klebrigen Drinks. Leg ein paar Flaschen in
den Kühlschrank, bitte.»

Netta bekam einen Klaps auf die Wange,
wodurch der Augenbrauenstift verrutschte,
und die Folge war ein Strich bis an den Haar-
ansatz.

«Guck mal, was du gemacht hast», maulte

sie, aber da war Olof bereits auf dem Weg die Treppe hinunter.

«Tschühüs!» rief er, und dann fiel die Haustür ins Schloß.

«Tschüs, tschüs, tschüs», zischte Netta durch die Zähne und bearbeitete die Stirn mit einem Wattebausch. «Männer!»

Da sie mit dem Auto fahren und sich hauptsächlich im Hause aufhalten würde, nahm Netta den kurzen Pelz, und obwohl es draußen matschig zu sein schien, zog sie sich die neuen mahagonibraunen Stiefel mit langem Schaft und hohen Absätzen an. Die waren etwas eng, aber sie sahen sehr elegant aus.

Auf dem Weg nach Äppelviken bog sie bei dem Fischgeschäft ein und kaufte zwei große frischgekochte Hummer, die sie sorgfältig einpacken ließ und in den Kofferraum legte, den sie gewissenhaft abschloß.

Der Nachmittag bei ihrer Mutter wurde nicht so langweilig, wie sie befürchtet hatte. Tante Sara, die zweiundsiebzig Jahre alt war, hatte in Bologna einen Herrn kennengelernt und erzählte fröhlich und selbstironisch von ihrer zwei Wochen dauernden Romanze. Und Mama war ausnahmsweise guter Laune

23

und beklagte sich kein einziges Mal über irgend etwas. Sie bot Sherry und kleine Pasteten an und erzählte sogar ganz locker von einigen Liebesgeschichten aus ihrer Jugendzeit.

Als Tante Sara gehen mußte, um rechtzeitig um halb fünf bei einer Freundin auf Kungsholmen zu sein, bot Netta sich an, sie dort hinzubringen.

Bei Fridhemsplan ließ Netta ihre Tante aussteigen und schob sich in die Fahrzeugschlange in Richtung Västerbron. Es schien eine Ewigkeit zu dauern, bis sie die Brücke überquert hatte, aber als sie schließlich auf der anderen Seite angekommen war und auf die Uhr sah, war es gerade mal zwanzig vor fünf. Trotz der Staus würde sie es schaffen, lange vor sechs zu Hause anzukommen. Und heute brauchte sie kein Essen zu kochen, denn sie hatte ja Hummer.

Die Autoschlange löste sich auf, und die Fahrbahn sah trocken aus, daher gab sie Gas, als sie hinunter auf Söder Mälarstrand gekommen war.

Plötzlich, wie aus dem Nichts, tauchte etwas vor ihrem Kühler auf. Etwa, das glitzerte, und Netta trat kräftig auf die Bremse,

24

als sie einen Stoß gegen den Wagen spürte
und ein kratzendes Geräusch hörte. Die Ampel hinter ihr hatte auf Rot umgeschaltet,
Gott sei Dank hatte sie also die Fahrbahn
hinter sich frei. Sie bremste vorsichtig und
ließ den Wagen mit den rechten Reifen auf
den Radweg rollen, bevor sie heraussprang
und mit schnellen Schritten zurücklief.

Als sie näher kam, erkannte sie, was da gegen das Auto geknallt war. Ein Einkaufswagen lag umgekippt auf der Fahrbahn, und
eine Gestalt hatte sich darübergebeugt und
versuchte, ihn wieder aufzurichten. Zwischen dem Wagen und dem Rinnstein lagen
verstreut Flaschen und Blechdosen. Netta
stellte fest, daß die Ampel immer noch auf
Rot war, und sie rannte, so schnell das mit
ihren hohen Absätzen ging, auf den Einkaufswagen zu, stellte ihn aufrecht hin und
erreichte mit ihm den Bürgersteig genau in
dem Augenblick, als die Autos anfuhren. Es
gelang ihr auch noch, ein paar Flaschen, die
mitten auf der Fahrbahn lagen, mit dem Fuß
auf die Seite zu schieben.

«Wie ist denn das passiert?» fragte sie die
Frau, die immer noch Flaschen und Dosen
aufsammelte und sie in den Wagen warf. «Sie

25

sind doch nicht verletzt? Ich habe weder Sie noch Ihren Wagen gesehen. Der war plötzlich einfach da.»

Die Frau legte die letzte Flasche in den Wagen und richtete sich auf. Sie trug einen großen, weiten Herrenmantel, und auf dem Kopf hatte sie eine graue Pudelmütze, die sie tief in die Stirn gezogen hatte. An den Füßen Joggingschuhe, die vor langer Zeit vermutlich einmal weiß gewesen waren, und ein Paar eigenartige blaue Plastiktüten um die Knöchel gewickelt.

«Aber nein, mir fehlt nichts. Hab mir nur ein bißchen das Knie gestoßen, als ich vor Schreck hingefallen bin, aber das macht überhaupt nichts. Und der Wagen ist ja heil geblieben.»

«Ich verstehe einfach nicht, warum ich ihn nicht gesehen habe», wunderte sich Netta.

«Ich stand da und wartete darauf, über die Straße gehen zu können, als er plötzlich einfach so von mir wegglitt und von selbst zu rollen anfing. Einen richtigen Schreck habe ich gekriegt, ich dachte, das Auto würde ins Schleudern kommen. Aber du kannst gut fahren, das sieht man.»

«Na und ob, das hätte böse ausgehen können. Tja, ist wohl kein größerer Schaden, hab richtig Glück gehabt», meinte Netta und blickte zu ihrem Wagen hin. Sie hoffte, keine Kratzer im Lack abbekommen zu haben, denn die Stoßstange hatte den Aufprall wohl aufgefangen.

Da bemerkte sie, wie die Frau, die einen Kopf – oder genauer gesagt, einen Absatz – kleiner als sie selbst war, sie so eigentümlich anblickte. Sie stand mit offenem Mund da, so daß Netta ihre lückenhaften Zahnreihen sehen konnte. Die Frau zeigte auf sie und rief: «Bist du nicht Netta? Agneta Ljung?»

Netta starrte sie ebenfalls an. Wie konnte diese Person wissen, wer sie war?

«Doch», gab sie zögernd zu, «das bin ich. Aber wie...»

«Tja, lang ist's her», erklärte die Frau. «Mädchenschule. Wir sind in die gleiche Klasse gegangen. Kannst du dich nicht mehr an mich erinnern? Blondie. Rut Blomberg.»

Vor Nettas innerem Auge tauchte ein rundliches, fröhliches Mädchen mit rosiger Haut, lockigem Haar und häßlichen, schlechtsitzenden Kleidern auf.

«Blondie», hauchte sie überrascht. «Stimmt das? Bist du das wirklich?»

Den Zweifel in ihrer Stimme konnte sie nicht verbergen.

«Ja, hab ich doch gesagt», bekräftigte Blondie. «Aber es ist lange her. Wie alt sind wir jetzt? Fünfundfünfzig, nicht? Ist ja beinahe vierzig Jahre her, seit wir aus der Schule sind. Man verändert sich in einer so langen Zeit. Na, du natürlich nicht. Jedenfalls nicht sehr. Du siehst noch immer so aus wie früher. Und schick angezogen, das warst du ja damals schon.» Sie sah Netta an, lächelte ein wenig, und mit einemmal glich sie entfernt dem Mädchen, das sie damals gewesen war.

«Komm ein Weilchen zu mir nach Hause», lud Blondie ein. «Ich wohne hier. Auf dem Boot da hinten.»

«Nein, ich muß nach Hause», entschuldigte sich Netta.

«Nur mal kurz. Ich muß mir das Knie ansehen. Vielleicht blutet es. Komm einen Moment mit.»

Netta zögerte. Was verband sie mit diesem Bettelweib, außer daß sie vor hundert Jahren zusammen zur Schule gegangen waren? Aber gleichzeitig war sie neugierig auf Blondie. Und sie hatte nie jemanden gekannt, der auf einem Boot wohnte.

«Abgemacht», gab sie nach. «Aber nur fünf Minuten. Mein Mann wird unruhig, wenn ich zu spät nach Hause komme. Aber, wie gesagt: nur einen kurzen Augenblick.»

Netta wußte nicht, was sie erwartet hatte, wunderte sich aber, wie gemütlich die Kajüte des Schleppers wirkte. Und beinahe nett, obwohl die Bettwäsche unerhört zerlumpt aussah. Eine schmutzige Steppdecke mit mehreren Brandlöchern von Zigaretten darin und ein schmieriges Kopfkissen ohne Bezug. Netta dachte an ihren eigenen duftenden Wäscheschrank.

«Ich kann dir nicht viel anbieten», entschuldigte sich Blondie. «Vielleicht eine Tasse Tee.»

«Nein, ich will ganz bestimmt nichts haben. Darf ich mir dein Knie mal ansehen?»

Blondie knöpfte den Mantel auf und rollte das Hosenbein hoch. Sie hatte zwei Jogginghosen an, und mindestens die äußere war blankgescheuert und fleckig. Das Knie war ein wenig geschwollen, und ein großer blaubrauner Fleck breitete sich darunter aus, aber die Haut war nicht aufgerissen. Blondie schob das Hosenbein wieder hinunter und fragte:

«Hast du eine Zigarette?»

«Na klar. Wir rauchen eine Zigarette, aber dann muß ich wirklich gehen.»

Sie gab Blondie eine Zigarette und steckte sie ihr an.

«Wie kommt es, daß du hier so wohnst. Ich meine...»

«Ich weiß, was du meinst. Erinnerst du dich, wie sie mich von der Schule geschmissen haben, weil ich schwanger war?»

Das wußte Netta nicht mehr. Damals hatte sie selbst die Mädchenschule verlassen, um in die Oberstufe einer anderen Schule zu gehen. Aber sie sagte nichts.

«Tja, ich will dich nicht mit einer endlosen Geschichte langweilen. Ich habe das Kind also bekommen. Svenne haute ab, und das Baby wurde zur Adoption freigegeben. Dann hatte ich einige schwierige Jahre, arbeitete mal hier, mal da, wurde wieder schwanger. Der Kerl verdrückte sich natürlich, und das Kind starb bei der Geburt. Na ja, das können wir alles überspringen. Ich heiratete einen Mann, der hieß Sture und soff. Da habe ich auch zu saufen angefangen, damit ich es überhaupt aushalten konnte. Geschlagen hat er mich auch, und es dauerte mehrere Jahre,

bis ich ihn los wurde. Dann war eine Zeit-
lang Ruhe, ich habe im Krankenhaus gear-
beitet und hatte eine Wohnung, aber ich
hatte mich an Alkohol gewöhnt, wie man
so sagt, und da verlor ich meine Arbeitsstel-
le. Hab mich mit Alkoholikern zusammen-
getan, miesen Typen natürlich, und da wurde ich schließlich auf die Straße gesetzt.
Und so ist das gegangen. Diese Kajüte habe
ich nur leihweise. In einem Monat oder so
muß ich hier auch raus. Das ist in kurzen
Zügen meine Lebensgeschichte. Aber jetzt
geht es mir besser. Ich trinke nicht so viel.
Klar, daß man sich nach einem geordneten
Leben sehnt. Wohnung und so. Arbeit zu
bekommen ist in meinem Alter ja wohl hoffnungslos. Arbeitest du denn, oder bist du nur
verheiratet?»

Netta fühlte sich in eine andere Welt ver-
setzt, wie sie sich da die deprimierende
Lebensgeschichte von Blondie anhörte.

«Doch, ich arbeite. In einem Anzeigen-
büro. Schreibe Texte und so. Aber kannst du
nicht Hilfe bekommen? Das Sozialamt…»
Netta zögerte. Ihr war bewußt, daß ihre
Kenntnisse in dieser Hinsicht sehr begrenzt
waren.

31

«Nein, mit Behörden will ich nichts mehr zu tun haben. Davon habe ich inzwischen genug. Von denen kann man nicht viel Hilfe erwarten, und ist man einmal rausgeflogen, dann bekommt man keine Wohnung mehr. Nein, ich muß selbst zurechtkommen.»

Netta wußte nicht, was sie dazu sagen sollte. Das waren Bereiche und Lebensumstände, über die nachzudenken sie sich weigerte. Sie wollte nur noch weg aus diesem Elend. Dies hier ging sie nichts an.

«Nein, nun muß ich aber wirklich gehen, damit Olof nicht unruhig wird», sagte sie und hoffte im stillen, daß Blondie sie nicht nach ihrer Adresse fragte oder um die Telefonnummer bat.

«Ja, ich verstehe», stimmte Blondie zu. «Ich begleite dich hinaus.»

Netta ließ die Zigaretten auf dem Tisch liegen.

«Nimm nur, wenn du vergessen hast, welche zu kaufen», bemerkte sie beiläufig und kam sich dümmlich dabei vor.

Sie traten aus der Kajüte, und ein eisiger Windstoß von Riddarfjärden fuhr ihnen ins Gesicht. Es war sternenklar, der Mond war aber nicht zu sehen, und hier draußen am Kai

war es dunkel, denn der Schein der Straßen-
laternen reichte nicht bis hierher.

Blondie ging vor, stieg die kurze Leiter
zum Achterdeck hinunter, und Netta folgte
dicht hinter ihr.

«Geh vorsichtig, hier ist es glatt!» warnte
Blondie.

Im gleichen Moment blieb Netta mit dem
Absatz hängen und stolperte vorwärts,
streckte die Hände aus, um sich an einer Reling oder einem Handlauf festzuhalten, aber
sie fuchtelte durch die Luft und fiel gegen
Blondie, und Netta hörte ein Platschen, bevor sie vornüber auf das vereiste Stahldeck
hinschlug, und es dauerte eine Weile, bis sie
begriff, daß Blondie über Bord gefallen war.

Netta richtete sich auf die Knie auf und sah
jetzt, daß die Reling, die an der Seite des Boo-
tes entlanglief, dort aufhörte, wo die Run-
dung des Achterdecks begann. Und da gab es
keine Schutzvorrichtung, aber sie hielt sich
an einem Poller fest und beugte sich vornüber, sah jedoch nur schwarzes Wasser, das
gegen die Außenwand des Schiffes klatschte
und schäumte und eisige Kaskaden über ihr
Gesicht sprühte.

Schließlich stand sie auf und begab sich

hinüber auf den Kai, wo der Einkaufswagen mit seinen Flaschen und Dosen stand, und sie ging weiter zu ihrem Auto und setzte sich hinters Lenkrad.

Sie zitterte am ganzen Körper, sie wußte nicht, ob vor Kälte oder wegen des Schocks oder aus beiden Gründen, aber sie trocknete sich mit dem Taschentuch das Gesicht ab und fuhr sich über die Haare und blieb da sitzen, bis das Zittern aufgehört hatte.

Sie wußte, daß es nichts mehr zu tun gab. Oder zu sagen – nicht mal zu Olof.

Niemand sollte es erfahren.

Vierzig Jahre lang hatte es Blondie nicht gegeben – dann war sie plötzlich für zwanzig Minuten dagewesen – und jetzt war sie wieder weg.

So war das nun einmal.

Und für Netta gab es nur noch eins, zu Olof nach Hause zu fahren, Hummer zu essen und Champagner zu trinken und sich zum Schlafen zwischen die glatten, sauberen Laken zu legen, und was geschehen war, war nicht wirklich und nicht mal ein böser Traum.

Maj Sjöwall und Per Wahlöö

Der Suppenwürfel

Personen: Die Frau, der Polizist, der Polizeioffizier.

*Die Bühne ist völlig dunkel. Wenn das Licht
angeht, sieht man in einem Zimmer eine Frau
auf einem Bett liegen. Sie schläft. Das Zimmer hat eine Tür. Die wird von außen aufge-
schlossen, geöffnet, so als ob jemand nach
Hause kommt. Das Licht wird heller. Der
Polizist tritt ein. Er geht leise und vorsichtig
zu dem Bett. Er hebt die Bettdecke hoch und
berührt die Frau behutsam am Handgelenk.
Die Frau ist nackt. Sie wacht langsam auf.
Murmelt. Blickt verwirrt den Polizisten an.*

Polizist: *Es tut mir leid, aber...*
Frau: *Ja, ich verstehe.*
Polizist: *Na, dann ist es ja gut.*

Die Frau steht aus dem Bett auf und zieht sich resigniert an. Währenddessen steht der Polizist zwei bis drei Meter von ihr entfernt da und scheint einen Punkt zu beobachten, der weit hinter ihr liegt. Er hustet und steckt sich eine Halstablette in den Mund. Die Frau kämmt sich vor dem Spiegel, feuchtet ihren Zeigefinger an, streicht sich über die Augenbrauen und sagt:

Frau: *O. K., gehen wir.*
Polizist: *Ja, dann mal los.*
Frau: *Warte mal einen Moment, guter Freund, worum handelt es sich eigentlich?*
Polizist: *Das wissen Sie doch.*
Frau (ein wenig ängstlich): *Ja, klar.*
Polizist: *Na, dann ist es ja gut.*

Sie gehen. Die Frau vornweg. Die Bühne wird dunkel. Musik. (Schwedischer Troubadur.) Die Bühne wird in klares helles Licht getaucht. Hinter einem Tisch sitzt der Polizeioffizier. Er trägt eine grüne Uniform ohne Dienstgradabzeichen. In dem Raum steht der Tisch und der Stuhl des Polizeioffiziers, im Hintergrund befindet sich eine Tür. Das Zimmer ist sonst vollständig kahl. Die Frau

*muß demzufolge stehen bleiben. Der Polizist
führt die Frau herein und verläßt unmittelbar
darauf das Zimmer.*

Frau: *Was soll das heißen, verdammt noch
mal? Ich liege da im Bett…*
Polizeioffizier: *Ich bitte vielmals um Entschuldigung, aber…*
Frau: *Was aber? Was haben Sie für ein
Recht…*
Polizeioffizier: *Ich bitte um Entschuldigung,
wie gesagt. Sie verstehen, daß dies alles bereits im voraus festgelegt ist. Nein, nein… sagen Sie nichts. Es ist, wie ich sagte, vorausbestimmt.*
Frau: *Was heißt vorausbestimmt? Was meinen Sie?*
Polizeioffizier (in sehr offiziellem Tonfall):
*Sie haben Glück. Ihr Fall ist bereits abge-
schlossen.*
Frau: *Wieso abgeschlossen?*
Polizeioffizier: *Insofern, als Ihr Protokoll
bereits aufgesetzt ist. Sehen Sie hier, hier ist
eine Kopie der Aussage, die dem Gericht vor-
gelegt wird. Der Bericht ist gar nicht schwierig zu verstehen, Sie sehen Ihre Einwände…
ja, ich meine also, das, was Sie sagen werden.*

*Das ist hier rot unterstrichen. Sehen Sie, rote
Striche unter den Zeilen... und den Worten.
Sie brauchen nur vorzulesen. Lesen können
Sie doch?*

Frau: *Ja.*

Polizeioffizier: *Dann stimmen wir also in
diesem Punkt überein?*

Frau: *Ja.*

Polizeioffizier: *Dann fange ich an.*

*Wenn nicht anders angegeben, lesen beide
Personen aus dem Manuskript.*

Polizeioffizier: *Ich weise Sie darauf hin, daß
alles, was Sie sagen werden, vor Gericht gegen Sie verwendet werden kann.*

Frau: *Ich verstehe.*

Polizeioffizier: *Sie heißen Malin Matilda Fre-
drika Trowall, nicht wahr?*

Frau: *Nein, so heiße ich nicht. Aber das än-
dert wohl nichts an der Sache?*

Polizeioffizier: *Nein, das tut es nicht.*

Frau: *Weshalb bin ich denn angeklagt?*

Polizeioffizier: *Darauf kommen wir dann
schon.*

Frau (liest zögernd): *Sie sehen ja richtig
hübsch aus.*

Polizeioffizier: *Ach, stellen Sie sich vor, das sagen sie alle.*

Frau: *Aber jetzt zur Sache.* (Schaut vom Manuskript auf) *Was für eine Sache eigentlich?*

Polizeioffizier: *Sie sind vom Supermarktdetektiv 314 festgenommen worden, stimmt's?*

Frau: *Ja, das ist richtig.*

Polizeioffizier: *An Ihrem oder in Ihrem Körper fand die Warenhauskontrolle gewisse Gegenstände, die dort nicht hingehörten. Nicht wahr?*

Frau: *Nein, das ist eine Lüge.*

Polizeioffizier: *Es wäre sehr viel besser, wenn Sie gestehen würden.*

Frau (trotzig): *Werden Sie mich sonst foltern?*

Polizeioffizier: *Ja, wenn es sich als notwendig erweist.*

Frau: *Aber so was kommt in unserem Land doch wohl nicht vor?*

Polizeioffizier: *Natürlich nicht.*

Frau: *Dann kann ich mich also sicher fühlen?*

Polizeioffizier: *Fühlen Sie sich denn normalerweise sicher?*

Frau: *Wie ist es denn bei Ihnen?*

Polizeioffizier: *Wie dem auch sei, Sie sind er-*

39

*wischt worden, und an oder in Ihrem Kör-
per...*
Frau: *Sie wissen ebenso wie ich, daß das eine
Lüge ist...*
Polizeioffizier: *Na, klar doch.*
Frau: *Welche Art der Folter wenden Sie denn
üblicherweise an?*
Polizeioffizier: *Das kann dauern, ehe Sie dar-
über informiert werden.*
Frau: *Na, Gott sei Dank.*
Polizeioffizier: *Aber leider, Sie müssen geste-
hen.*
Frau: *Das verstehe ich. Aber was denn?*
Polizeioffizier: *Den Diebstahl. Ich habe
hier...*

*Er nimmt einen Suppenwürfel aus seiner
Schreibtischschublade.*

Polizeioffizier: *...hier habe ich den Suppenwürfel der Marke Elektra, den Sie sich
verbotenerweise am Mittwoch, dem neun-
ten dieses Monats, im Express-Warenhaus
angeeignet haben.*

*Er zeigt der Frau den Suppenwürfel, ohne ihn
ihr zu geben.*

Frau: *Aber einerseits bin ich gar nicht dort gewesen, und andererseits ist das da eine Warenprobe, die man umsonst bekommt, die in den Geschäften verteilt und in die Briefkästen gesteckt wird und so.*

Polizeioffizier: *Leider ist der Etat der Polizei ziemlich klein. Wir sind, wie alle anderen in dieser Gesellschaft, auf das Wohlwollen der Unternehmer angewiesen. Einen Moment, hier habe ich es, obwohl das wenig zur Sache tut, will ich es trotzdem sagen — es steht in der Dienstvorschrift — also folgendes: Unser Gesellschaftssystem basiert auf den Prinzipien von Demokratie und Liberalismus, also den Idealen des freien Unternehmertums.* (Er blickt vom Manuskript auf: *Komisch, aber so steht das hier.) Es tut mir leid, der Rest ist — na ja, wie man so sagt, unleserlich, durch Abnutzung, ja ... verdammt, wie alt ist dieses Formular eigentlich?*

Frau: *Das wissen Sie wohl besser als ich.*

Polizeioffizier: *Ja, natürlich.*

Frau: *Wann kommen wir denn nun zu der Folter?*

Polizeioffizier: *Gestehen Sie denn?*

Frau: *Nein!*

Polizeioffizier: *Aha, dann ist es jetzt soweit.*

Frau: *Soweit? Wozu denn?*
Polizeioffizier: *Für die Folter.*
Frau: *Wie machen Sie denn das?*
Polizeioffizier: *Wir haben zum Beispiel diesen Lötkolben hier.*

Er nimmt einen Lötkolben aus der Schreibtischschublade und hält ihn hoch.

Polizeioffizier: *Bisher habe ich den noch nie anwenden müssen.* (Pause)
Frau: *Ich gestehe.*
Polizeioffizier: *Das freut mich. Wollen Sie dann so gut sein und das Vernehmungsprotokoll unterschreiben.*
Frau: *Moment mal, was werde ich denn für eine Strafe bekommen?*
Polizeioffizier: *Ich bin nicht Richter, ich leite das Verhör. Sie werden eine Weile in Untersuchungshaft sitzen, dann werden Sie vor ein ziviles, demokratisches Gericht gestellt. Die Verhandlung findet unter Ausschluß der Öffentlichkeit statt, aber Sie bekommen einen Pflichtverteidiger. Das Gericht wird aus einem Amtsrichter, zwei Beisitzern und neun Schöffen bestehen, alles unbescholtenen Mitbürgern. Ihre Sache ist in guten Händen.*

Frau: *Ich finde trotzdem, daß Sie gut aussehen.*
Polizeioffizier: *Halten Sie sich an das Protokoll.*
Frau: *Aber das tue ich doch.*

Er blickt sie an.

Polizeioffizier: *Seien Sie so gut und unterschreiben Sie hier.*

*Er schiebt der Frau ein Stück Papier zu und
reicht ihr den Stift.*

Frau: *Wo denn?*

*Der Offizier zeigt auf das Blatt und drückt
gleichzeitig auf einen Knopf an seinem Chef-
telefon.*

Polizeioffizier: *Sie können sie jetzt holen,
Sergeant!*

*Unmittelbar nach diesem Satz wird die
Bühne dunkel.*

43

Wir haben dem ausländischen Journalisten die Antwort nie geschickt, so daß dieser unwiderlegbare Versuch einer Analyse unveröffentlicht geblieben ist – bis heute. Wir haben eine Weile intensiv überlegt, ob wir dem Schriftstellerverband oder vielleicht den Verlagen vorschlagen sollen, ihre Autoren mit nachstehender gedruckter Standardantwort auf alle Fragen, die das schriftstellerische Werk des Betreffenden angehen, auszustatten. (Zur Verteilung an Journalisten, Filmproduzenten, Fernsehreporter, Rundfunkleute und übrige Neugierige, häufig in Restaurants, in Zügen, auf Schiffen und in Bars.)

«Ich kann keine einzige Frage darüber beantworten, was ich mit meinen Büchern allgemein oder im Detail sagen will. Hätte ich mit einigen wenigen Worten derartige Fragen beantworten können, so hätte ich selbstverständlich niemals Bücher geschrieben.»

Im übrigen kann an einen häufig vergessenen, aber sorgfältig dokumentierten Wortwechsel zwischen Gallieni und Maunoury am Abend vor der Schlacht an der Marne erinnert werden:

Maunoury: Wenn ich nun endgültig besiegt werde, wohin soll ich mich dann zurückziehen?

Gallieni: Nirgendwohin.

Maj Sjöwall und Bjarne Nielsen

Dänisches Intermezzo

Sauer aufgestoßener Magensaft füllte langsam die Mundhöhle, und Martin Beck griff eilig nach dem Tablettenröhrchen.

Dieser verdammte Magen! Und das ausgerechnet jetzt mitten in der Urlaubssaison, wo er besonders viel zu tun hatte. Man hätte fast meinen können, fünfzig Prozent der Stockholmer Polizei wären nach Mallorca geflogen, um nur ja keine Strandpartys zu versäumen, während der zurückgebliebene Rest mit der im Sommer jäh ansteigenden Kriminalität zurechtkommen mußte. Selbst der Chef der Staatlichen Mordkommission wurde in den allgemeinen Wachdienst eingeteilt und mußte sich um Alkohol- und Drogenmißbrauch, um Prostitution, Verkehrschaos und Gewalt kümmern. Die Touristen wurden, wo sie gingen und standen, betrogen und be-

46

klaut, und die Schweden, die noch nicht in Urlaub waren, liefen bei der Hitzewelle, die schon mehr als eine Woche auf Stockholm lastete, fast Amok.

Warum, zum Henker, mußten die Polizisten auch in der Urlaubssaison Ferien machen?

Beck betrachtete den Stoß mit der Eingangspost. Es schien ihm hoffnungslos, ihn überhaupt in Angriff zu nehmen. Der Haufen war fast so hoch wie der Stapel mit den unerledigten Schriftstücken.

Er überflog die Überschriften der Berichte und die Absender der Briefe.

Der vierte Brief aus dem Stoß hatte privaten Charakter und war an ihn persönlich adressiert. Er trug keinen Absender, war aber in Malmö abgestempelt.

Martin Beck schnitt den Umschlag auf. Der Brief kam von seinem Kollegen Månsson, und als Beck ihn gelesen hatte, war er sehr dankbar dafür, daß er an ihn persönlich gerichtet war.

Die Polizei in Malmö bekommt automatisch von der Polizei in Kopenhagen Bescheid, wenn ein Bürger ihrer Stadt in Kopenhagen angehalten wird. So hatte Månsson

47

einen kurzen Bericht erhalten, daß der schwedische Staatsbürger Rolf Beck, 20 Jahre alt, beim Verkauf von Haschisch im Wert von über tausend Kronen angehalten worden war. An sich keine allzu ernst zu nehmende Anklage in Kopenhagen, aber doch ausreichend für eine Verurteilung wegen Drogenhandels und eine zur Bewährung ausgesetzte Haftstrafe. Dazu kam eine Eintragung ins Strafregister.

Martin Beck hatte von seinem Sohn nichts gehört, seit dieser ihn zu Ostern, also vor gut vier Monaten, besucht hatte. Damals hatte er ganz normal gewirkt, etwas mürrisch und verschlossen vielleicht; aber so war er immer gewesen. Er studierte an der Universität in Lund und hatte in Malmö eine kleine Bude. Beck war keineswegs erstaunt, daß Rolf öfter hinüber nach Kopenhagen fuhr. Die Leute aus Malmö tun das fast alle. Und darüber wundert sich niemand. Martin Beck konnte sich gut entsinnen, daß Rolf etwas von einer Freundin gemurmelt hatte, aber den Namen wußte er nicht mehr, sofern er überhaupt erwähnt worden war.

Er selbst kam nur sehr selten nach Kopenhagen, und wenn, dann eher dienstlich. Seit

48

Rhea vor einem Jahr gestorben war, hatte er überhaupt keine rechte Lust mehr dazu. Sein kleines Quantum Bier konnte er auch in Stockholm kaufen. Und für Kneipenbesuche und Nachtclubs fühlte er sich ein wenig zu alt.

Und jetzt war also Rolf in Kopenhagen verhaftet worden, angeklagt wegen Drogenhandels. Dieser Brief brachte ihn als Kriminalkommissar ganz schön ins Schwitzen.

Gedankenvoll schob Beck den Stapel mit den ungeöffneten Briefen und Berichten wieder beiseite. Was, zum Teufel, sollte er tun? Natürlich konnte er mit seinem Vorgesetzten sprechen, ihm die Zusammenhänge erklären, um Urlaub bitten und nach Kopenhagen fahren. Aber wahrscheinlich konnte er dort nicht das geringste tun, und er war alles andere als sicher, ob Rolf von seinem Besuch begeistert wäre. Eher im Gegenteil.

Wäre doch nur Kollberg hiergewesen. Nicht daß sein Kollege Kollberg etwas hätte tun können, aber Martin Beck hatte sich während der langen Jahre ihrer Zusammenarbeit daran gewöhnt, mit Kollberg gemeinsam ‹laut zu denken›, und auf diese Weise waren viele Probleme, sowohl dienstliche als auch private, gelöst worden.

Nun, er konnte Kollberg ja heute abend anrufen. Sie hatten sich ohnehin schon ziemlich lange nicht mehr getroffen.

«Tschüs, Martin! Viel Spaß noch!» Gunvald Larsson steckte den Kopf zur Tür herein. Er hatte eine elegante Schweinslederjacke an, die zweifellos ein Monatsgehalt gekostet hatte, war also vermutlich im Weggehen. Schließlich war es zehn Minuten vor vier, also so gut wie Feierabend.

Martin schaute von den Berichten, die vor ihm auf dem Tisch lagen, hoch. «Was willst du damit sagen?»

«Viel Spaß, weil ich in Urlaub fahre», lachte Larsson. «Drei Wochen.»

Martin verfiel sichtlich. «Du auch? Wohin geht's eigentlich?»

«Eigentlich nirgends. Ich habe vor, hier in Stockholm einige Tage den Touristen zu spielen, und dann fahre ich vermutlich eine oder zwei Wochen nach Dänemark. Kopenhagen und der Tivoli, Krabbensandwiches und Faßbier, Dänisch Alt und etwas Unterhaltung mit und ohne Kultur. Ich habe Bekannte auf einem Bauernhof in Oddsherred; die besuche ich bestimmt auch ein paar Tage.»

In Martin Beck kam wieder einmal der Wunsch nach einer Zigarette hoch. Ganz automatisch streckte sich seine Hand nach der Zigarettenschachtel. Vor vier Jahren hatte er das Rauchen aufgegeben. Würde das Verlangen danach denn nie aufhören?

«Hättest du wohl fünf Minuten Zeit, Gunvald?» fragte er.

Larsson kam herein und setzte sich ohne ein Wort auf den Stuhl an der anderen Seite des Schreibtischs.

«Ich weiß eigentlich gar nicht, was ich dich fragen will», sagte Beck mit traurigem Lächeln. Dann reichte er Gunvald den Brief, den Månsson ihm geschrieben hatte. «Lies das.»

Gunvald Larssons Blick glitt über das Blatt; dann las er den Brief ein zweites Mal. Gründlich.

«Tjah», sagte er aufblickend. «Das ist für heutige Eltern kein unbekanntes Phänomen.»

«Ja, das kann man wohl sagen.» Beck stand auf, ging zur Tür und machte sie zu. Dann kam er zurück zum Schreibtisch, öffnete die mittlere Schublade und nahm eine halbe Flasche *Gammel Dansk* heraus.

«War das nicht deine Lieblingsmarke?»

Bis vor zwei Jahren hatte Gunvald Larsson weder Bier, Wein noch Schnaps getrunken, aber dann hatte er der Geselligkeit wegen ab und zu ein wenig mitgehalten, und jetzt genehmigte er sich sogar selbst ein oder zwei Bier. Und er hatte nicht mehr geraucht, seit er als Achtzehnjähriger zur See gegangen war; aber auch hier war er inzwischen schwach geworden. Allerdings rauchte er nicht übertrieben viel. Jetzt, mit fünfzig, meinte er wohl, daß man es mit der Prinzipientreue nicht mehr so genau zu nehmen brauchte.

Larsson schaute erst die Flasche und dann Beck an.

«Ich dachte, dein Magen erlaubt dir solche Sachen nicht?»

«Tut er auch nicht. Aber Rolf hat mir die Flasche mitgebracht, als er zu Ostern bei mir zu Besuch war. Er ist oft in Kopenhagen, ich glaube, er hat sogar eine Freundin dort.»

«Du willst also nicht selbst rüberfahren?»

Martin schüttelte den Kopf.

«Seit er von zu Hause weg ist, hat sich unser Verhältnis nicht zum besten entwickelt. Er hat mich jedes Jahr ein paarmal besucht und mir pflichtschuldigst eine Weihnachtskarte geschickt. Viel mehr war nicht drin. Ich habe natürlich etwas öfter geschrieben und ihn auch zwischendurch mal angerufen, aber eigentlich haben wir einander nicht besonders viel zu sagen. Er studiert in Lund Soziologie, und da kannst du dir denken, daß es genug Reibungspunkte gibt.»

Larsson mußte lächeln. «Obwohl ihr euch im Prinzip ja einig seid. Oder?»

Martin Beck sah Gunvald Larsson nachdenklich an. Zum x-ten Male wunderte er sich darüber, daß er diesen Kollegen viele Jahre nicht hatte ausstehen können. In den Ansichten über Larsson war er sich mit Kollberg total einig gewesen. Aber im Lauf der Zeit war er gezwungen gewesen, ihn mit anderen Augen zu betrachten. Und es war ein völlig anderer Gunvald Larsson, den Beck jetzt langsam kennenlernte. Wenn er zurückdachte, mußte er zugeben, daß Larsson immer der gleiche gewesen war. Die Grobheiten dieses Mannes und seine Gleichgültigkeit, was Dienstweg und Vorschriften betraf, hatte es immer gegeben, und eigentlich hatte es sich mit der Freundlichkeit und dem Verständnis nicht anders verhalten. Martin Beck würde sich immer dafür einsetzen, daß ein

Häftling nicht geschlagen werden durfte. Im Prinzip teilte Gunvald diesen Standpunkt. Er bestand jedoch auf seinem persönlichen Recht, Grundsätze bisweilen umzustoßen. Dies aber immer nur um anderer und wichtigerer Prinzipien willen.

«Doch», sagte Beck. «Ich verstehe ihn eigentlich ganz ausgezeichnet. Und vielleicht versteht er mich in Wirklichkeit auch. Uns trennt vor allem der Sprachgebrauch. Und noch etwas. Aber das ist vielleicht ein Mythos. Mir kommt es immer so vor, als seien die jungen Leute so absolut von sich selbst überzeugt.»

«Das sind sie wirklich», lachte Larsson. «Es ist vielleicht ihr Unglück, aber es macht auch ihren Charme aus. Könntest du dir etwa einen unschlüssigen, grüblerischen, unsicheren zwanzigjährigen Sohn vorstellen?»

Beck schüttelte den Kopf und rieb sich mit Daumen und Zeigefinger der rechten Hand den Nasenrücken.

«Nein, da hast du sicher recht.»

Sie schwiegen eine Weile. Larsson trank seinen Rest Schnaps aus und drückte seine Zigarette aus.

Beck hob den Kopf. Er stand auf, ging ein

paar Schritte und lehnte sich dann an den Aktenschrank.

«Es wundert dich wohl, daß ich dir den Brief gezeigt habe?» sagte er nach einer Weile.

«Nein, ich hab dir doch gerade erzählt, daß ich nach Kopenhagen fahren will.»

Beck atmete erleichtert auf. Gunvald hatte offensichtlich verstanden.

«Es würde dir also nichts ausmachen, drüben mit den Kollegen zu sprechen, wenn du schon mal dort bist?»

«Selbstverständlich nicht.»

«Nicht, daß ich der Meinung bin, einer von uns könnte etwas ausrichten, aber immerhin. Stimmt's?» Martin Beck schüttelte etwas ratlos den Kopf. Er wußte selbst nicht recht, wozu das alles gut sein sollte, aber allein der Gedanke, daß jemand mit ein wenig Verständnis für die ganze Angelegenheit sich umhörte und eine sachdienliche Antwort bekam, erleichterte ihn.

«Nein, tun kann ich wohl nichts. Die Leute wissen selbst am besten, was sie zu tun haben. Aber ich werde mich umhören, Martin.»

Gunvald Larsson erhob sich.

«Dann also schönen Urlaub!» sagte Martin Beck, als sein Kollege den Raum verließ.

Als Rolf hereingeführt wurde, erhob Gunvald sich und ging ihm entgegen. Er reichte ihm die Hand.

«Tag, Rolf. Erinnerst du dich an mich?»

Rolf nickte mürrisch.

«Du wirst dir denken können, wer mich gebeten hat, dir Grüße zu bringen? Dein Vater hat keinen Urlaub, aber ich habe Ferien und wollte sowieso nach Kopenhagen.»

Sie ließen sich an einem runden Tisch nieder, während der Gefängniswärter sich in der Ecke auf einen Stuhl setzte. Er kippte ihn nach hinten gegen die Wand und zog einen Krimi aus der Tasche. Damit war er vorläufig voll und ganz beschäftigt.

«Wie behandeln sie dich?»

«Sehr gut», antwortete Rolf.

Gunvald betrachtete ihn einen Augenblick wortlos. Der Junge war, wie er wußte, fast einundzwanzig. Er sah jünger aus, blaß und dünn, kein Anflug von Bartwuchs. Das Haar war kurz geschnitten und sehr gepflegt. Es war nicht das, was ein Schwede normalerweise unter ‹Christiania-Look› versteht.

«Wo haben sie dich festgenommen?»

Larsson hatte bei der Kopenhagener Polizei vorgesprochen, wußte also genau, daß es in der *Grauen Halle* draußen in Christiania passiert war, wollte aber gern Rolfs Version hören.

«Draußen in Christiania. Kirstine und ich wollten uns ein Konzert anhören. Da kam einer und fragte, ob ich ein bißchen Stoff übrig hätte. Ich hatte mir gerade welchen für den Eigenbedarf beschafft. Ein ordentliches Paket zu zwölfhundert Kronen. Ich habe ihm also was vom Kuchen abgebrochen. Mehr wollte er ja nicht haben. Aber jetzt halten die mich für einen Pusher.»

«Pusher, das ist doch einer, der verkauft, oder? Und das hast du doch getan?»

«Ja, aber doch nicht professionell.»

Gunvald schwieg einen Moment, um sich eine Zigarette anzuzünden. Er bot Rolf auch eine an, aber der schüttelte den Kopf.

«Hast du früher schon mal verkauft?»

Rolf sagte nichts. Er starrte vor sich hin ins Leere.

«Ich habe dich gefragt, ob du schon früher mal was verkauft hast», wiederholte Larsson.

«Nein. Selbstverständlich nicht. Nur ein bißchen an Freunde und so.»

«Die Polizei behauptet, daß man dich beobachtet hat und daß du beim Dealen gesehen wurdest.»

«Diese Lügner! Diese Schweine!»

«Ach ja», schmunzelte Gunvald. «Jetzt kommen wir zum Kern der Sache.»

Für den Bruchteil einer Sekunde sah Rolf aus, als bereue er seine Worte. Dann flammte der Trotz wieder auf.

«Ja, und das gilt genauso für dich und meinen Vater. Ihr seid alle einer wie der andere.»

Gunvald nickte. «Da hast du gar nicht so unrecht. Aber dasselbe kann man leider auch von dir und deiner Generation sagen. Jedenfalls mit unseren Augen betrachtet.»

Rolf gab keine Antwort.

«Und wo hast du das Zeug her?» versuchte es Gunvald.

Keine Antwort.

«Draußen im Pusher-Viertel besorgt?»

Keine Antwort.

«Du sagtest, du hättest dir selbst gerade etwas gekauft gehabt. War das dort? Am selben Abend?»

Keine Antwort.

58

Gunvald erhob sich.

«Nun, wir werden sehen, wie's weitergeht. Wenn du meinst, daß ich etwas für dich tun kann: Ich wohne für ein paar Tage im *Hotel Terminus*. Hier ist die Telefonnummer und meine Zimmernummer.»

Es war ein warmer Sommervormittag, und die Istedgade döste wie eine Katze auf einem sonnenbeschienenen Fensterbrett vor sich hin. Sanftes Schnurren und dann und wann ein abschätzender Blick. Gunvald hatte sich die Jacke über die Schulter gehängt.

Von der Polizei hatte er die Adresse erfahren, die Rolf als momentanen Wohnort in Kopenhagen angegeben hatte. Es war die Wohnung seiner Freundin, Kirstine Jørgensen, Eskildsgade 8, 3. Stock links. Larsson wußte auch, daß sie Sozialpädagogin oder etwas in der Richtung war, also traf er sie jetzt bestimmt nicht zu Hause an.

Er war eigentlich ohne festes Ziel in die Gegend des Hauptbahnhofs spaziert, und als er von dort zur Istedgade abbog, hatte er noch keine Ahnung, was er eigentlich mit dieser Kirstine reden würde.

Es war der erste August. Namenstag: Per.

Es war halb zwölf, und es war heiß. Gunvald bekam langsam Durst. Wie jeder gute und an Abstinenz gewöhnte Schwede weiß, ist Durst in Kopenhagen längst kein solches Problem wie zu Hause, und als Gunvald Larsson die Istedgade erreicht hatte, existierte das Problem überhaupt nicht mehr.

Er kam an eine Ecke, und dort gab es natürlich eine Kneipe. Er hob kurz den Kopf und las: *Stern-Café.* Er betrat das langgestreckte Lokal. Es war so gut wie leer. Der Barmann stand am Ende der Theke und plauderte mit dem einzigen Gast, einem Mann um Vierzig, einen leichten Sommermantel über schwarzem Samtjackett und weißem Hemd und etwas, das wie eine Seidenkrawatte aussah. Der Knoten war jedoch unter aller Kritik. Neben dem Mann lag ein breitkrempiger schwarzer Hut, vor ihm standen ein Carlsberg und ein Schnaps.

«Drei Sechser», sagte der Barmann, als Gunvald Larsson hereinkam.

Der Mann im Staubmantel nahm einen Schluck Bier und schaute dabei auf die Uhr über der Bar. «Vier Zweier», sagte er.

Gunvald setzte sich auf einen Hocker am anderen Ende der Theke.

60

«Und dann sind da noch vier Fünfer», sagte der Barmann, ohne die Filterzigarette aus dem Mund zu nehmen.

Gunvald hob abwehrend die Hand, als der Barmann fragend zu ihm herschaute.

«Fünf Vierer», sagte der Gast und trank seinen Gammel Dansk mit einer abschließenden Geste aus.

«Fünf Fünfer», sagte der Barmann und ging auf Gunvald zu, ohne sich darum zu kümmern, daß der andere abhob.

«Ein nicht zu kaltes Carlsberg und einen Gammel Dansk», bestellte Gunvald.

«Teufel noch mal», sagte der andere Gast.

Der Barmann nahm eine Flasche Bier aus der vordersten Reihe des Kühlfachs, reichte sie Gunvald, der daran fühlte und nickte. Erst jetzt wurde die Flasche geöffnet und vor ihm hingestellt. Dann schenkte der Barmann einen randvollen Gammel Dansk ein und ging zu seinem Spielpartner zurück.

«Du wirst es nie lernen», sagte er. «Diese Partie hast du verloren.»

Der Gast zog einen Schein aus der Gesäßtasche und legte ihn auf die Theke.

«Wann reist du ab?» fragte der Barmann.

«Um halb sieben. Wir müssen um halb sechs auf dem Flugplatz sein.»

«Womit, zum Teufel, willst du dir dort unten die Zeit vertreiben?»

«Mich um die Familie kümmern. Einkaufen, kochen, das Haus sauberhalten, damit Gitte sich auf den Kleinen konzentrieren und auch ein bißchen Urlaub machen kann. Wir wohnen ja in einem Bungalow, und es ist phantastisch auf Malta. Die Häuser und die Bars sind kühl, und draußen ist es viel, viel zu heiß.»

Er erhob sich und setzte den Hut auf. «Nun halte mal die Stadt schön unter Kontrolle, solange ich weg bin.»

Der Barmann grinste.

«Ich werde mich gegebenenfalls um die Leichen kümmern. Und notfalls wird *Bladet* dich wohl anrufen. Schönen Urlaub!»

Der andere Gast ging, und der Barmann räumte Flasche und Glas weg. Dann unterzog er Kühlfach und Schränke einer Überprüfung und füllte auf, wo es nötig war.

Gunvald bestellte ein weiteres Bier und trank es langsam. Dann stand er auf und verließ das Café.

Die Eskilsgade führt von der Istedgade hinunter zum Heumarkt. Gunvald Larsson blieb vor Nr. 8 stehen und schaute zum dritten Stock hinauf. Auf der linken Seite standen die Fenster offen, und eine leichte Leinengardine hing schlaff heraus. Vielleicht war das Mädchen doch zu Hause.

Er öffnete die Haustür und ging die ausgetretene alte Treppe hinauf. An der linken Tür im dritten Stock war ein farbenprächtiges, handgemaltes Pappschild angebracht. Darauf stand, umgeben von vielen Blumen und küssenden Lippen KIRSTINE JØRGENSEN.

Gunvald Larsson läutete. Es verging geraume Zeit, ehe er von drinnen Schritte hörte. Dann wurde die Tür weit aufgerissen, und eine junge Frau von Mitte Zwanzig stand ihm im Morgenmantel gegenüber und sah ihn fragend an.

«Guten Tag. Mein Name ist Gunvald Larsson», sagte er und fügte schnell hinzu: «Ich bin schwedischer Polizeibeamter, ein Kollege von Martin Beck, also Rolfs Vater. Ich hätte mich gern ein bißchen mit Ihnen unterhalten, wenn Sie nichts dagegen haben.»

Sie lächelte ihn ein wenig traurig an und

sagte: «Kommen Sie herein! Ich bin gerade erst aufgestanden. Ich habe heute meinen freien Tag, und gestern abend war ich feiern.»

Gunvald ging an ihr vorbei durch den Flur in ein kleines Wohnzimmer. Ein gemütliches Sofa mit vielen Kissen, ein niedriger Couchtisch, ein Bücherregal mit einer sichtlich bunten Mischung von pseudoliterarischen Büchern einer Buchgemeinschaft sowie pädagogischer und psychologischer Fachliteratur, eine Stereoanlage und eine größere Plattensammlung. In einer Ecke ein riesiger Farn. Das einzige, was fehlte, waren ‹Guernica›- und Che-Guevara-Poster an der Wand. Gunvald Larsson wurde ganz nostalgisch zumute, bis ihm die abgegriffenen und oft gelesenen Taschenbücher zwischen den schön gebundenen Buchklubbüchern auffielen. Es war sicher eine schlechte Angewohnheit, die er sich da zugelegt hatte, aber die Bücherregale sagten für ihn unglaublich viel über ihre Besitzer aus. Und dieses hier entsprach auf den ersten Blick seinen Erwartungen, doch als er ein paar Schritte näher trat, entdeckte er überrascht fünf oder sechs Chandler-Titel, sowie T. H. Whites ‹König

64

Arthur auf Camelot› in zwei Bänden und eine lange Reihe der Schwarzen Romane von Fremad. Qualitätsvolle Genreromane waren schon immer sein Steckenpferd gewesen. Er selbst bevorzugte die ältere skandinavische Kriminalliteratur; seine Lieblingsautoren waren S. A. Duse und Jul. Regis.

«Setzen Sie sich doch», sagte Kirstine Jørgensen und deutete auf einen verschlissenen, aber bequem aussehenden Lehnstuhl vor dem Regal. «Mögen Sie eine Tasse Kaffee?»

«Ja, gern, vorausgesetzt, Sie trinken auch einen», erwiderte Gunvald Larsson, indem er sich setzte.

«Ich habe mir gerade einen gemacht», sagte sie und verschwand in der Küche.

Zwei Minuten später kam sie mit Tassen und Zucker zurück. «Ach ja, nehmen Sie Sahne? Oder besser gesagt Milch, denn etwas anderes habe ich nicht.»

«Nein, danke», sagte Larsson, nahm sich ein Stück Zucker und begann umzurühren.

«Ich nehme an, daß es um Rolf geht», begann Kirstine Jørgensen. «Ich hätte Herrn Beck selbst angerufen, aber ich habe seine Nummer nicht. Rolf hat ihn ja so selten besucht, daß ich sie nie gebraucht habe.»

«Die Polizei in Malmö hat Martin benachrichtigt», sagte Larsson. «Er hat dort einen guten Freund, der ihm sofort geschrieben hat. Da ich sowieso ein paar Urlaubstage in Kopenhagen verbringen wollte, bat Martin mich, Rolf zu besuchen und zu sehen, ob ich etwas für ihn tun könnte. Martin selbst hat keinen Urlaub und, um ehrlich zu sein, war er sich auch nicht sicher, ob Rolf von einer Begegnung begeistert gewesen wäre.»

Kirstine Jørgensen nickte. «Sie kamen wohl nicht besonders gut miteinander aus», meinte sie. «Ich glaube, Rolf trägt seinem Vater noch immer die Scheidung nach. Ich kenne Rolf ja erst knapp ein Jahr und weiß über die Familienverhältnisse eigentlich wenig.»

«Rolf hat wohl zum Teil recht. Sein Vater hat die Familie verlassen.»

«War da nicht etwas mit einer Frau?»

Gunvald Larsson schwieg einen Augenblick. Es lag ihm nicht, mit einer wildfremden Person das bißchen zu diskutieren, was er über Martins Privatleben wußte. Andererseits war dieses Mädchen ja nicht unbedingt eine Fremde für Martins Familie, und sie wirkte eigentlich nett und vernünftig. Und sie las Chandler.

«Hm», machte Gunvald. «Es war wohl
nicht nur das. Ich glaube, da ist vieles schon
seit Jahren schiefgelaufen. Und außerdem ist
Rhea Nielsen vor etwa einem Jahr gestorben.
Aber eigentlich weiß ich nichts Konkretes,
außer daß der Umgang mit Martin manchmal gar nicht so einfach ist.»

«Rolf hat eigentlich immer sehr nett von
ihm gesprochen, aber vielleicht ein bißchen
zu höflich, wenn Sie verstehen, was ich
meine.»

Gunvald nickte.

«Letzte Weihnachten habe ich ihn gefragt,
ob wir nicht seinen Vater zu uns einladen
sollten, aber das wollte er nicht. Mein Vater
ist auch Polizeibeamter, und wir wollten die
Weihnachtsfeiertage mit meinen Eltern verbringen. Vielleicht wäre das gar nicht so
dumm gewesen.»

Gunvald sah sie interessiert an.

«Ihr Vater – ist das etwa Kriminalkommissar Jørgensen?»

Kirstine Jørgensen nickte.

«Nun ja, aber Sie sind doch wohl nicht
hergekommen, um Familienangelegenheiten
zu besprechen, oder?»

Gunvald schüttelte den Kopf. «Nein. Aber

andererseits weiß ich überhaupt nicht, weshalb ich hier hin. Ich habe heute vormittag mit Rolf gesprochen, und der ist reichlich wortkarg. Von mir aus gesehen ist die Sache so gut wie geklärt. Er hat verkauft und ist dabei erwischt worden; und er hatte mehr Hasch bei sich als nur für den Eigenbedarf.»

«Was hat er dazu gemeint?» fragte Kirstine Jørgensen.

«Haben Sie nicht mit ihm gesprochen?»

Kirstine Jørgensen schüttelte den Kopf. «Die Polizei hat bei mir angerufen, um bestätigt zu bekommen, daß er bei mir wohnt, wenn er in Kopenhagen ist. Dabei habe ich erst erfahren, daß er beim Dealen verhaftet worden ist. Sonst nichts.»

«Ich dachte, Sie waren dabei, als es passierte?»

«Nein. Er war bei irgendeinem Konzert in Christiania. Ich erinnere mich nicht, mit wem. Es fand wohl in der *Grauen Halle* statt. Ich arbeite mit geistig Behinderten und hatte an diesem Abend Nachtdienst.»

«Mir gegenüber hat er behauptet, daß er mit Ihnen zusammen war. Warum hat er das gesagt? Mit wem hätte er denn sonst noch zusammen sein können?»

68

Kirstine Jørgensen wirkte etwas verwirrt.

«Keine Ahnung.»

«Verzeihen Sie mir bitte, wenn ich etwas persönlich werde, aber wie ernsthaft waren Sie befreundet?» fragte Gunvald Larsson.

«Nun, das ist ja eigentlich keine Sache, über die man einfach so spricht oder die man irgendwie etikettiert, oder? Ich meine, er hat hier gewohnt, wenn er in Kopenhagen war, er hat hier übernachtet, wenn Sie das im Auge haben, und ich bin – zumindest im letzten halben Jahr – mit niemand anderem zusammengewesen als mit Rolf. Aber das bedeutet nicht, daß es bei ihm ebenso war. Wir haben keine festen Abmachungen, wenn Sie das meinen.»

Gunvald nickte.

«Sie wissen also nicht, mit wem er an diesem Abend eventuell zusammen war?»

«Nein. Er hatte eigentlich keine Bekannten hier in Kopenhagen. Niemanden außer meinen Freunden. Vielleicht hat er einen von denen getroffen. Das ist ja möglich.»

«Raucht er schon lange Hasch?» wollte Gunvald Larsson noch wissen.

«Das weiß ich nicht. Ich selbst rauche seit vier oder fünf Jahren, aber nur bei feierlichen

Gelegenheiten, wie man so sagt. Ich mag noch immer eine Flasche Wein lieber, und am allerliebsten habe ich eine Batterie Bier. Mit Alkohol fühle ich mich sicherer. Nicht weil ich irgendwann einen schlechten Trip gehabt habe; es ist einfach so.»

«Sie wissen also nicht, seit wann Rolf raucht?»

«Er hat schon gehascht, als wir uns kennenlernten.»

«Wissen Sie, wo er seinen Stoff herhatte?»

«In der Regel habe ich einen kleinen Vorrat. Den habe ich auch jetzt im Haus. Aber das sollte ich Ihnen vielleicht gar nicht erzählen.»

Gunvald mußte lächeln. «Solange Sie nur für den eigenen Bedarf was da haben, ist das kein Problem. Außerdem bin ich nicht dienstlich hier. Zumindest nicht wirklich.»

«And you're out of your jurisdiction, marshall», sagte Kirstine in bester James-Stewart-Manier.

Gunvald grinste. Kirstine Jørgensen war gar nicht so dumm.

«Aber hat er sich jemals hier in Dänemark etwas beschafft, wenn Sie dabeigewesen sind?»

«Nein. Manchmal kommt er mit einem ziemlichen Brocken an und läßt ihn bei mir liegen, bis er das nächste Mal vorbeischaut. Ich habe den Eindruck, in Schweden raucht er es gar nicht. Ist es dort schwieriger?»

«Keine Ahnung», sagte Gunvald Larsson. «Meine Abteilung hat damit nichts zu tun.»

Kirstine Jørgensen ging in die Küche und kam mit der Kaffeekanne zurück. Ohne zu fragen, schenkte sie ihm und sich nach.

«Mögen Sie einen Avec?»

Gunvald sah sie verständnislos an. «Ein Schlückchen zum Kaffee. Oder gleich mit in die Tasse? – Schnaps, Mann!»

«Nein, danke. Das ist für mich noch ein bißchen zu früh. Vergessen Sie nicht, ich bin ein an Enthaltsamkeit gewöhnter Schwede, auch wenn ich in Kopenhagen bin. Wir haben einen gewissen Ruf zu wahren. Außerdem habe ich heute schon zwei Flaschen Bier getrunken.»

Kirstine trug die Kaffeekanne wieder in die Küche.

«Mir ist gerade etwas eingefallen», sagte sie, nachdem sie sich wieder gesetzt hatte. «Rolf hat einmal hier in meiner Wohnung etwas Pot gekauft. Das war vor ungefähr einem Monat. Keiner von uns hatte etwas, und er wollte eine ganze Woche bleiben. Eines Morgens, als ich gerade zur Arbeit gehen wollte, kam ein Typ an und hat ihm was verkauft.»

«Wer? Und wieviel?»

«Das weiß ich wirklich nicht. Ich bin gegangen, ehe sie zu feilschen anfingen. Und ich habe auch keine Ahnung, wieviel Geld Rolf bei sich hatte.»

Gunvald Larsson lächelte unbewußt. Sie hatte seine nächste Frage schon beantwortet. Kirstine Jørgensen war wirklich nicht dumm.

«Wissen Sie, wer der Mann war?»

«Rolf nannte mir den Namen Preben Møller. Er kann so Anfang Vierzig gewesen sein. Ziemlich unauffälliger Typ.»

«Sonst wissen Sie über den Mann nichts?»

Kirstine Jørgensen dachte nach.

«Nein, eigentlich nicht. Abgesehen davon, daß er aussieht, als würde er selbst nicht haschen. Er kam mit einer Plastiktrage mit zwölf Flaschen Bier. Und das war um halb acht am Morgen.»

«Preben Møller?» überlegte Gunvald Larsson. «Das ist ein recht häufiger Name, was?»

«Stimmt.»

«Er wäre also schwer ausfindig zu machen?»

Kirstine stand auf und ging ins Schlafzimmer. Sie kam gleich mit einem kleinen Adressen- und Telefonverzeichnis zurück, schlug es auf und fand schnell, was sie suchte.

«Preben Møller, 01 - 14 24 26», sagte sie. «Wenn Ihnen das was nützt.»

Um ein Haar wäre Gunvald aufgesprungen und hätte sie umarmt, doch im selben Augenblick war ihm klar, daß es möglicherweise eine völlig bedeutungslose Auskunft war.

«Eine letzte Frage», sagte er im Aufstehen. «Wissen Sie, ob Rolf bisher je versucht hat, professionell zu dealen?»

Kirstine Jørgensen trank ihre Kaffeetasse bedächtig aus. Dann sah sie ihn endlich an.

«Ich weiß es nicht wirklich, aber in den letzten zwei Monaten hatte ich ein paarmal so den Eindruck. Und das gefällt mir nicht.»

Gunvald Larsson suchte im Telefonbuch die Seiten mit Møller und überflog die Spalten schnell. Er brauchte nicht lange, um den Richtigen zu finden: Kjeld Langesgade 18.

Gunvald Larsson spazierte langsam Richtung Vesterbrogade. Er kam auf direktem Weg aus dem Istedgademilieu an eine der Hauptverkehrsadern Kopenhagens mit eleganten Geschäften. Er wußte, in alten Tagen war die Vesterbrogade auch Zentrum eines bekannten Vergnügungsviertels gewesen. Hier hatten sich die großen Nachtclubs und Tanzcafés befunden. Hier hatte der Autor Stein Riverton Austern gegessen und Champagner dazu getrunken, während er auf einen Stoß Servietten neue Kapitel der aufregenden Abenteuer des Knud Grib schrieb.

Jetzt wirkte die Vesterbrogade ein bißchen trist und überständig, während die Istedgade sich trotz der herrschenden Schwüle einen Hauch von Leben und echtem Lokalkolorit bewahrt hatte. Eine gealterte Dirne, die immer noch von Herzen über sich selbst und die Torheit der Welt lachen konnte.

Er verließ die St.-Jørgens-Allee und promenierte an den Seen entlang zur Kjeld Langesgade.

Das Treppenhaus war schmuddelig und hätte dringend einer gründlichen Renovierung bedurft. Möglicherweise stand eine solche sogar kurz bevor; jedenfalls lagerten Malergerüste vor dem Haus, als wäre so etwas geplant. In diesem Viertel war es schwierig, die richtigen Schlüsse zu ziehen. Eine Wohnungseigentümergesellschaft, die verzweifelt versuchte, das Haus mit ihren begrenzten Mitteln instand zu setzen? Ein Immobilienhai, der dabei war, Duschkabinen und billige Einbauküchen zu installieren, um die Wohnungen mit überhöhtem Profit als Appartements zu verkaufen und sich dann in Spanien zur Ruhe zu setzen? Eine Versicherungsgesellschaft, die widerwillig den Hausschwammbefall notdürftig ausbesserte?

Im dritten Stock links prangte an der Tür ein teures Messingschild, auf dem ‹Preben Møller› stand. Gunvald drückte auf den Klingelknopf.

Niemand machte auf. Aus der Wohnung drang kein Laut. Es war ja auch erst halb zwei.

Gunvald Larsson ging die Treppe wieder hinunter und beschloß, irgendwo einen Bissen zu essen. Vielleicht fand er in der Nähe ein Lokal, dann könnte er in einer oder zwei Stunden noch einmal hier vorbeischauen.

Er wandte sich nach links Richtung Frederiksborggade. Vor einem kleinen Schaufen-

75

ster im Souterrain blieb er eine Weile stehen und betrachtete die ausgestellten modernen Grafiken. Das war für ihn mehr als eine Überraschung. Er hatte diese Straße längst für so gut wie ausgestorben gehalten. Wohl wußte er, daß es hier früher eine Menge Geschäfte gegeben hatte, aber als er vor vielleicht zehn, zwölf Jahren zuletzt hier durchgekommen war, hatten fast alle dichtgemacht. Gleich gegenüber der Grafikgalerie, die sich auch als Verlag ausgab, lag ein Laden mit farbenprächtigen Postern, die darauf hindeuteten, daß hier Comics verkauft wurden. Gunvald überquerte die Fahrbahn und stand einer Ausstellung der Serienheftchen seiner Kindheit gegenüber, die als KUNSTGEGENSTÄNDE zu schwindelnden Preisen angeboten wurden. Solche Sachen hatte er als Junge gegen Bilder von längst in der Versenkung verschwundenen Fußballspielern getauscht.

Er überquerte eine Seitenstraße und blieb wieder vor einem Souterrainfenster stehen. In der Auslage standen mehr oder minder zerlesene Exemplare englischer, dänischer und amerikanischer Kriminalromane. Wieder zu schwindelnd hohen Preisen. Ein alter

Paperback mit naivem, buntem Umschlag enthielt Novellen von Cornell Woolrich, Kostenpunkt: vierhundert Kronen. Gunvald schüttelte den Kopf. In Schweden gab es Woolrichs Erzählungen in billigen Kioskausgaben.

Da waren die nächsten Schaufenster weit interessanter. Sie gehörten auch zu einem Buchantiquariat, aber dieser Buchhändler war offensichtlich etwas vielseitiger. Hier gab es moderne Belletristik und Fachliteratur von guter Qualität zu anständigen Preisen und in schönen, guterhaltenen Ausgaben. Keine Eselsohren und zerrissenen Buchdeckel.

Gunvald betrat das Kellergeschäft, um sich ein wenig umzusehen und auch, um die Zeit totzuschlagen.

Der Antiquar war ein rundlicher Herr in den Vierzigern. Er kam aus einem hinteren Raum, um nachzusehen, als Gunvald die Tür hinter sich schloß.

Gunvald sagte nur: «Darf ich mich ein bißchen umsehen?»

Daraufhin zog sich der Mann wieder in den hinteren Teil seines Ladens zurück. Gunvald konnte hören, daß ein Gespräch im Gang war und daß Gläser klirrten.

77

Er hatte eigentlich nicht vorgehabt, etwas zu kaufen. Aber wenn man in einem Buchantiquariat in aller Ruhe ein wenig herumstöbern kann, entdeckt man plötzlich Bücher, die man unbedingt besitzen möchte.

So auch Gunvald.

In einem Regal mit schwedischer und norwegischer Literatur stand ein schmaler Band von Nordahl Grieg: *Überfall auf den Zug nach Bergen*. Der Preis war mit fünfundvierzig Kronen festgesetzt. Das Buch war in einem ordentlichen Zustand, und Gunvald kaufte es.

Als er wieder draußen war, blieb er einen Moment stehen und dachte nach. Dann ging er hinüber in das andere Antiquariat, das die Krimis verkaufte, und stieg die Treppe hinunter.

Auch hier war der Antiquar «beschäftigt». Im Hinterzimmer war eine lebhafte Diskussion mit Kunden oder Freunden im Gange. Dicker Tabakrauch hing in der Luft, und hinter dem Schreibtisch standen etliche leere Bierflaschen.

Als der Besitzer sich dann doch nach vorn bequemte, zeigte Gunvald ihm das Buch und fragte, ob er es kaufen wolle.

«Einen Augenblick bitte», sagte der Mann und ging wieder nach hinten.

Er kam mit einem Stapel Kataloge zurück und begann darin zu blättern.

«Sehen wir mal nach, was es wert ist. Ich muß ja wissen, wieviel ich daran verdienen kann. Schließlich soll keiner von uns beiden zu kurz kommen.»

«Sie wissen also, daß es etwas wert ist?» bemerkte Gunvald.

«Ja. Und das wissen Sie auch. Sonst wären Sie doch nicht nur mit diesem einen Buch gekommen. Es war das erste Buch, das Nordahl Grieg geschrieben hat. Schauen wir mal. Hier haben wir es. 1986 Verkaufspreis zweihundertfünfzig. Abzüglich Mehrwertsteuer sind das zweihundert. Na, sagen wir hundertfünfundzwanzig. Das wird bestimmt kein Ladenhüter; ich glaube fast, ich kann mit dem Preis sogar ein bißchen 'raufgehen.»

«Ich habe eben bei Ihrem Nachbarn fünfundvierzig bezahlt», sagte Gunvald. Nicht weil er ehrlich sein wollte, sondern weil ihn die Reaktion des Antiquars interessierte.

«Teufel noch mal. Sonst habe ich immer ein Auge drauf, was er hereinbekommt. Er hat ja keine Ahnung von diesen Dingen. Na, da hatten Sie aber Glück. Möchten Sie es verkaufen?»

Gunvald schüttelte den Kopf. «Eigentlich nicht, wenn Sie nichts dagegen haben.»

Der Buchhändler grinste. «Das würde ich auch nicht tun, wenn ich Sie wäre. Erstens ist es eine ungewöhnlich gute Geschichte, und zweitens ist es mit Sicherheit ein Buch, das stetig steigen wird. Ich habe es erst einmal gehabt und konnte es lesen, ehe es verkauft wurde.»

Aus dem Hinterzimmer hörte man noch immer Stimmen. Gunvald riskierte einen Blick, als er hörte, daß jemand schwedisch sprach. Es war eine Frau. Sie war sicher Ende Vierzig, klein, dunkelhaarig, recht attraktiv. Er hatte das Gefühl, sie zu kennen. Schrieb die nicht selbst Kriminalromane? War es nicht die, die zusammen mit ihrem Mann eine ganze Reihe Polizeiromane geschrieben hatte?

«Dann entschuldigen Sie bitte die Störung. Ich werde Sie nicht länger aufhalten.»

Gunvald Larsson öffnete die Ladentür und ging. Oben auf der Straße angekommen, schüttelte er nochmals den Kopf über die Torheiten der Welt. Da konnte man achtzig

Kronen verdienen, indem man ein Buch zehn Meter über die Straße trug.

Er ging um die Ecke und wandte sich dann nach links, bis er in zwanzig Metern Entfernung ein Café entdeckte, das Smørre Brød anbot.

Er ging hinein. Das Café war so gut wie leer. An der Bar saßen ein paar biertrinkende Kunden.

Er setzte sich an einen Tisch und bestellte zwei Smørre Brød. Das Café sah nicht besonders gepflegt aus, und so waren seine Erwartungen nicht sehr groß. Aber die Brote waren überraschend gut; sie waren frisch gemacht und sehr appetitlich.

Als er gegessen und eine Tasse Kaffee getrunken hatte, war es zehn Minuten vor vier. Zeit für einen zweiten Versuch, Preben Møller zu erreichen.

Diesmal hatte er mehr Glück. Kaum hatte er geklingelt, ging die Tür auf. Im Flur stand ein Mann Mitte Vierzig, auffallend modisch gekleidet, mit Tränensäcken unter den Augen.

Gunvald Larsson stellte sich vor und erklärte sofort, daß er schwedischer Polizeibeamter sei, aber rein privat komme.

Preben Møller bat ihn herein und bot ihm einen Platz an.

Nachdem Gunvald ihm erklärt hatte, weshalb er gekommen war, schwieg Preben Møller einen Augenblick.

«Mir ist nicht ganz klar, was Sie wollen», sagte er dann. «Ich kenne Rolf Beck, das stimmt. Und ich habe ihn auch einmal besucht. Aber ich habe ihm nie Hasch verkauft. Ich weiß nicht, wie seine Freundin auf die Idee kommt. Ich hatte Rolf abends in der Stadt kennengelernt, und wir hatten ausgemacht, uns wieder zu treffen. Rolf ging nach Hause, und ich habe bis zum nächsten Morgen durchgemacht, und auf dem Heimweg kriegte ich Lust, mit ihm zu reden. Ich habe einen Kasten Bier gekauft und bin raufgegangen. Das war's.»

Gunvald sah sich in der Wohnung um. Møllers Geschichte klang recht glaubwürdig. «Darf ich fragen, was Sie beruflich machen, Herr Møller?» fragte er.

«Im Moment bin ich arbeitslos.»

Gunvald ließ den Blick über die großen Bilder von Jens Rymose schweifen, die an der Wand hingen, und dann zur Stereoanlage und dem Videorecorder.

«Schon lange?»

«Ich sehe eigentlich nicht ein, was Sie das angeht, aber, nun ja, sieben Jahre.»

«Sie können mir also nicht sagen, wo Rolf Beck den Stoff eventuell gekauft haben könnte, von dem er draußen in Christiania einen Teil verkauft hat?»

«Nein, natürlich nicht. Mit diesem Scheiß will ich nichts zu tun haben. Bier, da weiß man, was man hat.»

Gunvald stand auf.

«Dann entschuldigen Sie bitte die Störung. Und danke für das Gespräch.»

«Leben Sie wohl», sagte Preben Møller und schloß hinter Gunvald die Tür.

Während er die Treppe hinunterging, überlegte Gunvald, wie ein Arbeitsloser sich Jens Rymose für seine Wände leisten konnte. Die Stereoanlage und das Video waren ihm nicht wichtig. Ratenzahlung erfüllt heute jeden Wunsch. Und 50% der Apparate wurden früher oder später sowieso wieder abgeholt. Aber Jens Rymose verkaufte seine Bilder nicht auf Abzahlung. Und soviel er wußte, war dies auch nicht das Geschäftsgebaren der Galerien.

Preben Møller log wie gedruckt. Das war

Gunvald klar. Er hatte die Chillum-Pfeife und das kleine Päckchen in Silberpapier, beides halb verdeckt von einem Stapel Schallplatten, entdeckt.

Am nächsten Tag saß Gunvald Larsson in der Cafeteria des Louisiana-Museums bei einer Tasse Kaffee. Es war halb eins, und er hatte ein paar Stunden in der Ausstellung verbracht.

Am Nachmittag hatte er eigentlich vorgehabt, den Zug nach Hundested und von dort die Fähre nach Rörvig zu nehmen, wo seine Freunde ihn abholen konnten. Sie hatten mit Freunden einen alten Bauernhof gekauft und renoviert und bewohnten ihn jetzt. Gunvald hatte schon viel von dem Haus gehört, war aber noch nie dort gewesen. In diesem Sommer paßte sein Besuch ausgezeichnet, denn laut Morten und Merete war massenhaft Platz. Die meisten der anderen «Sonntagsbauern» waren in andere Gegenden auf Urlaub gefahren. Er freute sich schon auf die Kinder. Gunwald Larsson war Junggeselle. Vielleicht hing er deshalb so an den Kindern seiner Freunde. Möglicherweise vermißte er eigenen Nachwuchs. Seine Bekannten hatten

84

oft behauptet, jeder Mann habe den Wunsch, an einen Sohn sein Erbe weiterzugeben. Wenn er ganz ehrlich war, empfand er es nicht so. Es war schlicht einfacher, mit den Kindern der Freunde zu spielen. Man konnte sie wieder abliefern, wenn sie einem lästig wurden.

Gunvald ging ans Telefon und wählte die Nummer von Mortens und Meretes Nachbarn. Es war ein Maurermeister, der gleich gegenüber wohnte. Sie selbst hatten kein Telefon. Schon gar nicht in den Sommerferien, wie Morten das breit grinsend auszudrücken pflegte. Wer was von uns will, kann schreiben. Und dann ist da ja auch noch Franks Telefon.»

Larsson erwischte den Maurermeister, der versprach, Morten oder Merete holen zu gehen. Wenn Gunvald in zehn Minuten noch einmal anriefe, wäre das o.k. Gunvald ging also an seinen Tisch zurück und bestellte noch eine Tasse Kaffee. Während er eine Zigarette rauchte, was bei ihm rund zehn Minuten zu dauern pflegte, überlegte er, was Morten in diesem Augenblick wohl tat. Wenn die Geschichte, die er gehört hatte, stimmte, würde der Maurermeister Morten jetzt geholt haben, und sie genehmigten sich bei Frank inzwischen ein, zwei Vormittagspilsner.

Vom Hörensagen wußte er, daß sie mächtig geschuftet hatten, um den alten Bauernhof in Schuß zu bringen. Als sie ihn kauften, war ein einziger Flügel bewohnbar gewesen, in dem es wohl elektrisches Licht, sonst aber nichts gab. Kein Wasser, kein WC, kein Bad. Jetzt waren alle drei Flügel bewohnbar, und es gab eine große Küche mit Kalt- und Warmwasser und auch zwei Badezimmer mit Toiletten. Die oberen Stockwerke waren voll in Arbeit. Das klang beeindruckend. Wenn alle anderen Geschichten auch der Wahrheit entsprachen, Berichte von Feiern, Wein und Gesang und wohltönenden Reden, so war ihm das ein bißchen unverständlich. Wie, zum Henker, hatten sie das alles schaffen können? Nun, bald würde er es ja zu sehen bekommen.

Er ging noch einmal ans Telefon. Diesmal hob Morten ab.

Sie kamen überein, daß Morten oder Merete oder alle beide ihn um vier in Rörvig abholen würden. Sollte er früher da sein, brauchte er nur im Dorfkrug auf sie zu warten. Als er sagte, er wolle den Zug nehmen, mußte Morten ihn aufklären, daß zwischen Humlebäk und Hundested kein Zug verkehrte.

«Aber wenn du einen Bus nach Hilleröd erwischst, geht das in Ordnung.»

Das würde er schon in Erfahrung bringen. Er holte seine Reisetasche aus der Garderobe des Museums und ging zum Bahnhof.

Morten hatte recht gehabt.

Aber es gab einen Bus, und nach einer Stunde befand sich Gunvald Larsson am Bahnhof von Hilleröd. Der Zug nach Hundested fuhr schon in fünf Minuten. Er kaufte sich noch schnell am Kiosk eine Zeitung.

Der Zug setzte sich rumpelnd in Bewegung. Es war ein Bummelzug, der an jeder Milchkanne stehenblieb.

Gunvald hatte ein ganzes Abteil für sich. Er machte es sich bequem und schlug die Zeitung auf. Eine dänische Zeitung. Er dachte kurz an die Schwierigkeiten eines Zeitungskaufs im Ausland. Man hat keine Ahnung, was man da ersteht. Der einzige Anhaltspunkt ist das Format. Das gilt international. Kleinformat verheißt meistens Sensationsmache.

87

Von dieser Sorte hatte Gunvald eines erwischt, eines der auflagenstärksten Kopenhagener Nachmittagsblätter: *Bladet*.

Er wußte, es entsprach in etwa dem schwedischen *Expressen*, war also darauf vorbereitet, von Mord und Unfällen, von Gaunern und Königshaus, Steuerbetrug und Filmstars zu lesen.

Auf diese Schlagzeile war er jedoch nicht ganz so gut vorbereitet:

Rauschgifthändler
in der Szene ermordet

Der polizeibekannte Rauschgifthändler Preben Møller, seit langem vom Rauschgiftdezernat gesucht, wurde heute morgen in der Colbjørnsensgade tot aufgefunden. Der für den Bezirk zuständige Polizeiinspektor Ehlers schließt nicht aus, daß es sich um eine Liquidation handelt.

Preben Møller wurde gegen vier Uhr morgens im Rinnstein gefunden. Offensichtlich war er von einem Auto angefahren worden. Der Autofahrer

88

flüchtete. «Das ist in diesem Viertel nichts Außergewöhnliches», sagt Inspektor Ehlers. «Niemand wird gern in dieser Gegend angetroffen.»

WANN wird die Exekutive endlich Ordnung in der Rauschgiftszene schaffen?

WAS unternehmen die Politiker?

Lesen Sie weiter auf den Seiten 7–8–9.

Das ist ja nicht zu fassen! dachte Gunvald.

Aber es konnte ja auch ein Unfall sein. Jeder noch so biedere Familienvater konnte in diesem Viertel schuldlos einen torkelnden Betrunkenen anfahren, und natürlich würde er versuchen, so schnell wie möglich wegzukommen, um weder der Polizei noch seiner Familie erklären zu müssen, was er dort verloren hatte.

Gunvald wurde in Rörvig von Merete abgeholt.

«Hallo!» rief sie winkend vom Wagen aus. «Morten war nicht mehr ganz fahrtüchtig, also mußte ich kommen.»

Gunvald Larsson setzte sich in den Wagen,

und schon fuhren sie los nach Nykøbing/
Seeland.

Um in das südlich gelegene Egebjerg zu
kommen, mußten sie durch den Ort Nykøbing durchfahren. Es war Samstagnachmit-
tag und Hochsaison, also wimmelte es nur so
von Touristen.

Merete fluchte leise vor sich hin, als sie
Richtung Bahnhof und Hafen fuhren, um auf
die Straße nach Egebjerg zu kommen. Als
‹Hofbesitzer› fühlten sie und Morten sich
den gewöhnlichen Bungalowbewohnern
weit überlegen.

Der Küstenstrich von Nykøbing nach Sü-
den ist besonders schön. Gunvald genoß den
Blick auf das ruhige Wasser des Isefjords und
die sanften Hügel, die zum Wasser hin abfie-
len. Die Ruhe der dänischen Landschaft war
jedesmal aufs neue eine Überraschung für
ihn.

«Ich habe Morten und Frank versprochen,
daß ich dich unterwegs absetze. Sie wollen
dich gleich mit den Einheimischen bekannt
machen. Sie sitzen beim Kaufmann im Hinterzimmer. Aber versprich mir eins: Schlepp
sie zur Essenszeit heim. Sonst läuft alles
schief. Es ist nicht so sehr meinetwegen, aber

wir haben Frank und seine Frau Jytte heute abend zum Essen eingeladen, und sie wird stinkwütend, wenn er sie nicht zu Hause abholt.»

Gunvald versprach lächelnd, zu tun, was in seiner Macht stand.

Merete bog nach Unnerød ab und blieb vor einem Lagerhaus stehen.

«Moment, ich sage ihnen nur, daß du da bist.»

Gunvald war dankbar. Er hätte sich nur ungern aufgedrängt.

Nach einer halben Minute kam Morten aus einer Tür neben der Verkaufsstelle.

«Hallo! Komm rein! Hier drinnen spielt die Musik.»

Gunvald hielt sein Versprechen.

Es gelang ihm, Morten und Frank gegen fünf Uhr zum Heimfahren zu bewegen, obwohl es von den übrigen Gästen im Hinterzimmer des Kaufmanns spöttische Bemerkungen gab.

Die Klientel bestand teils aus einheimischen Bauern, teils aus lokalen Künstlern, von denen es offenbar etliche gab. Von manchen hatte Gunvald schon gehört. Ulla

Breum war in Schweden nicht ganz unbekannt und auch nicht K. Anders Hammarblom; aber das Bemerkenswerteste war wohl gewesen, einem schlaksigen, fast glatzköpfigen Mann in Schaftstiefeln und einer nach Kuhstall stinkenden Jacke vorgestellt zu werden. Der große, kahle Fleck am Hinterkopf war durch einen langen, ungepflegten Haarkranz einigermaßen getarnt, doch hätte ihn jeder Mönch um diese Tonsur beneiden können. Der Mann war ziemlich angetrunken und nicht zu überhören, und es dauerte eine Weile, bis Gunvald begriff, daß es Jens Rymose war, von dem er Bilder in der Wohnung von Preben Møller gesehen hatte.

Jedenfalls kamen sie rechtzeitig zum Essen nach Hause, das genau so unkonventionell ablief, wie Gunvald sich dänische Einladungen vorstellte. Es wurde geredet und getrunken und getrunken und geredet und gelacht und gekalauert, und das schwedische Gefühl, daß Alkohol etwas Verabscheuungswürdiges ist, hatte zu keinem Zeitpunkt eine Chance, an die Oberfläche zu kommen. Es war ganz klar, daß der Puritanismus hier tot und für Gewissensbisse kein Platz war.

Als Frank und Jytte heimgeschwankt waren und Merete im Bett lag, blieben Gunvald und Morten noch bei einem Bier in der Küche sitzen. Es war halb vier Uhr früh.

«Wie ist dieser Jens Rymose eigentlich?» fragte Gunvald, ohne eigentlich zu wissen, warum.

«Tja», überlegte Morten und nahm einen Schluck Bier. «Wir kennen ihn eigentlich nur aus dem Hinterzimmer. Ich glaube, Frank weiß ein bißchen mehr über ihn. Sie gehen zusammen jagen und so.»

«Ich frage eigentlich nur, weil ich gestern ein paar von seinen Bildern gesehen habe. Sind sie teuer?»

«Ich glaube schon. Er ist ein guter Geschäftsmann. Im Moment hat er allerdings nur sein Vieh im Kopf. Aber seine Bilder gehen angeblich weg wie die warmen Semmeln. Und in meinen Augen gleichen sie einander auch wie eine Semmel der anderen.»

Gunvald grinste und trank sein Bier aus.

«Na, wie wär's mit 'ner Mütze voll Schlaf?»

Nach dem Frühstück fragte Gunvald, ob es möglich wäre, bei Frank zu telefonieren.

«Klar», sagte Morten. «Gehen wir rüber

und wecken ihn. Aber was sage ich! Unser Maurermeister ist doch immer schon um sieben auf den Beinen, egal ob Sonntag oder Werktag ist.»

Frank begrüßte sie freundlich; er war noch in der Unterhose und fuhr sich mit den Fingern durch die Haare.

«Ihr kommt gerade richtig zu einem Wachmacher!» sagte er fröhlich und schaute Jytte triumphierend an.

Es war völlig klar, daß er sich allein nie ein Bier zu nehmen gewagt hätte.

Während Frank die Flaschen öffnete, ging Gunvald ans Telefon.

«Polizeidirektion.»

«Verzeihung, ich hätte gern mit Polizeiinspektor Ehlers gesprochen. Können Sie mir bitte seine Nummer geben?»

«Einen Augenblick.»

Nach einer kurzen Pause meldete sich die Telefonistin wieder.

«Sie müssen das Revier Halmtorvet anrufen», sagte sie und gab ihm die Nummer.

Gunvald wählte noch einmal.

«Könnte ich Inspektor Ehlers sprechen?»

«Einen Augenblick, bitte, ich sehe nach, ob er da ist.»

Es war zwar Sonntag, aber es lag eine 24 Stunden alte Mordsache vor, also konnte Gunvald Larsson hoffen. Und tatsächlich.

«Ehlers», klang es mißmutig.

«Gunvald Larsson, schwedische Reichsmordkommission», meldete sich Gunvald, um keine Zweifel aufkommen zu lassen.

«Was kann ich für Sie tun?»

«Sie können sicher weniger für mich tun als ich für Sie. Ich habe gestern im *Bladet* gelesen, daß Sie einen Todesfall haben, einen gewissen Preben Møller.»

«Stimmt», sagte Ehlers. Jetzt schwang eine Spur von Interesse mit.

«Ich befinde mich im Augenblick in Oddsherred, aber ich komme morgen nach Kopenhagen zurück. Und da hätte ich sehr gern mit Ihnen gesprochen.»

«Ist klar. Aber könnten Sie mir vielleicht gleich was über Møller sagen?»

«Nur, daß ich Freitag nachmittag noch mit ihm gesprochen habe. Etwa um vier. Höchstwahrscheinlich hat das, worüber ich mit ihm gesprochen habe, nichts mit seinem Tod zu tun. Vielleicht sollte ich noch dazu sagen, daß ich auf Urlaub in Dänemark bin und nicht dienstlich.»

«Verstanden», sagte Ehlers. «Aber worüber wollten Sie mit ihm reden?»

«Einer meiner Kollegen, Martin Beck, hat Bescheid bekommen, daß gegen seinen Sohn, Rolf Beck, eine Anklage läuft, weil er Hasch verkauft hat. Da ich sowieso Urlaub in Kopenhagen mache, habe ich Martin versprochen, mit dem Jungen zu reden, und in diesem Zusammenhang ging ich zu dessen Freundin, einer Kirstine Jørgensen, und landete schließlich bei Preben Møller.»

«Also Drogen?»

«Ja.»

«Das ist auch unser Eindruck. Wir konnten ihm nie etwas Konkretes nachweisen, aber sein Name ist in so vielen Zusammenhängen aufgetaucht, daß es längst kein Zufall mehr sein kann. Obwohl Zufälle ja gar nicht so selten sind. Aber das wissen Sie als Polizeibeamter selber.»

«Na, und ob. Darf ich fragen, was Sie von ihm wissen?»

«Dürfen Sie. Aber wollen wir das nicht lieber auf morgen verschieben? Wenn Sie sowieso kommen, können wir uns in Ruhe unterhalten und sehen, ob es irgendwelche Zusammenhänge gibt.»

«Großartig», sagte Larsson. «Sagen wir, so um eins?»

«Noch was: Wie soll der Junge heißen? Rolf Beck? Ich werde inzwischen nachsehen, um was es da geht, dann haben wir das bis morgen klar.»

Das Büro des Polizeiinspektors Ehlers war klein, aber nicht die Spur fein. Es versinnbildlichte einmalig den üblichen Platzmangel, der in allen öffentlichen Institutionen vorherrscht – von der Kinderkrippe angefangen bis zu den Universitäten, von Fürsorgeämtern bis hin zu Polizeiwachen. Nur die Politiker selbst scheinen Geld genug zu haben, für sich und ihre Ministerien immer neue Bauten zu errichten.

Ehlers hatte auf einem freien Fleckchen des Schreibtischs zwei Aktendeckel vor sich liegen.

«Lassen Sie mich erst mal hören, was Sie über Møller wissen.»

Gunvald Larsson erzählte ihm noch einmal von Rolf und Kirstine Jørgensen, die Møllers Telefonnummer in Rolfs Notizbuch gefunden hatte, und von dem Besuch bei Møller.

«Hat es schon eine Hausdurchsuchung gegeben?» fragte er abschließend.

Ehlers nickte. «Ich bin selbst fast den ganzen Vormittag dort gewesen.»

«Haben Sie was gefunden?»

«Eine Pfeife und ein Klümpchen Hasch,
höchstens für zweihundert Kronen.»

«Was liegt sonst noch gegen ihn vor?»

Ehlers blätterte in den Akten.

«Wir hatten ihn ein paarmal hier, aber nur
zum Verhör. Zu einer Verhaftung ist es nie
gekommen. Aber jedesmal war es in Verbin-
dung mit irgendwelchen Drogen. Angefangen hat es vor acht Jahren. Ein Mitarbeiter
der norwegischen Jugendfürsorge war gekommen, um eine sechzehnjährige Norwege-
rin abzuholen, die nach Kopenhagen durch-
gebrannt war. Sie wohnte bei Møller, und sie
hatten beide geraucht. Der Norweger, ein ge-
wisser Varg Veum, und eine hiesige Kollegin,
eine Sozialarbeiterin, haben es an uns weiter-
gemeldet, und dann hat Veum das Mädel mit
heimgenommen. Sie war nach unserem Ge-
setz zwar schon strafmündig, aber wir hatten
schließlich nur einen Krümel Hasch gefunden. Das war für eine Anklage zuwenig. Und
so war das jedes Mal.»

98

«Habt ihr ihn beim Dealen erwischt?»

«Nein, nie. Es lief immer darauf hinaus, daß bei ihm zu Hause geraucht worden war. Oder daß er mit jemand zusammen war, der später gedealt hat.»

«Wo hat er sein Geld her?» fragte Larsson.

«Aha, Ihnen sind die Bilder also auch aufgefallen?»

«Ja, und das Verrückteste ist, daß ich ausgerechnet an diesem Wochenende Jens Rymose in Oddsherred kennengelernt habe. Natürlich habe ich ihn nicht gefragt, wie seine Gemälde bei einem Sozialfürsorgeempfänger landen konnten.»

«Der ist teuer», bemerkte Ehlers lakonisch.

Sie schwiegen eine Weile. Gunvald Larsson zupfte sich ein blondes Haar aus dem Nasenloch und betrachtete es eingehend. Ehlers spielte mit seinem Brieföffner.

«Seid ihr sicher, daß es Mord war?» fragte Gunvald Larsson nach einer Pause.

«Überhaupt nicht», erwiderte Ehlers. «Wir haben das gerichtsmedizinische Gutachten noch nicht. Und wenn es ein Profi getan hat, hilft uns das auch nicht viel. Dann war es ein normaler Unfall und sonst nichts.»

«Wissen Sie was in Sachen Rolf?»

«Ich habe die Akte überflogen», antwortete Ehlers. «Danach scheint alles völlig klar. Seine Aussage stimmt möglicherweise, sie entspricht sogar höchstwahrscheinlich den Tatsachen. Aber das hilft ihm nicht viel. Er wird verdonnert. Das ist genau wie bei Alkohol am Steuer. Passiert ein Unglück und man hat seine Promille, ist man automatisch schuldig, ganz gleich, wie korrekt man gefahren ist. Aber er wird bestimmt nur eine Strafe auf Bewährung kriegen.»

«Ich würde seinen Vater gern anrufen, Martin Beck.»

Gunvald erhob sich.

«Ich fahre noch einmal zu meinen Freunden nach Oddsherred. Haben Sie was dagegen, wenn ich in etwa einer Woche noch einmal nachfrage, ob es hier was Neues gibt?»

Ehlers schüttelte den Kopf und gab ihm zum Abschied die Hand.

Die nächsten drei oder vier Tage vergingen in entspannter Sommeratmosphäre. Ausnahmsweise herrschte richtiges dänisches Sommerwetter, und die Freunde verbrachten die meiste Zeit im Garten in Liegestühlen bei

Kaffee und Bier. Die Bautätigkeit ruhte mehr oder weniger, doch montierten Morten und Gunvald immerhin Gipsplatten in einem Raum im ersten Stockwerk. Aber es war fast kriminell, bei diesem Wetter im Haus zu arbeiten. Darin waren sie sich einig.

Frank schaute mehrmals am Tag herein, um sich ein Pils zu genehmigen. Eigentlich hatte er Betriebsurlaub, aber das äußerte sich nur darin, daß er die Arbeit ein bißchen lässiger betrieb als sonst.

Am Freitag nachmittag kam er mit dem Firmenlastwagen angefahren. Er versprach eine Kiste Bier, wenn die beiden Freunde ihm eine Stunde helfen würden.

«Worum geht's denn?» fragte Morten.

«Jens Rymose hat gerade aus Kopenhagen angerufen», erklärte Frank. «Er hat eine Ladung Futtermittel bekommen. Irgendein chinesisches Sojaprodukt, das er selbst importiert. Er hat es durch den Zoll in Kopenhagen geschleust, aber er kann erst nächste Woche herkommen. Er möchte, daß ich es aus dem Speditionslager in Holbæk hole. Könntet ihr mir beim Aufladen helfen?»

Morten sah Gunvald an. Gunvald nickte lächelnd. Morten schaute zum Himmel hin-

101

auf. Es war fast drei Uhr; die ärgste Mittags-
hitze war überstanden.

«O. k., für eine Kiste Bier geht das in Ordnung. Aber du mußt uns beim Trinken helfen.»

Dagegen hatte Frank nicht das geringste
einzuwenden.

Sie hatten schon fast alle Säcke auf dem Last-
wagen, als das Unglück passierte. Einer der
Säcke glitt Morten aus den Armen, fiel auf
die Bordkante und platzte.

«Verflucht und zugenäht», schimpfte
Morten.

Sie begannen, das Futter, das heruntergefallen war, mit den Füßen zusammenzu-
scharren.

«Ist doch egal», meinte Frank. «Wo geho-
belt wird, fallen Späne.»

Plötzlich bückte Gunvald sich und hob ein
Stück des gepreßten Futters auf. Er brach es
durch und schnupperte daran.

Dann kletterte er auf die Ladefläche und
schaute sich die Säcke an. Manche waren mit
Zeichen beschriftet, die er nicht lesen konnte.
Das einzige, was in lateinischen Buchstaben
geschrieben stand, war ‹Made in Taiwan›.

Unvermittelt brach er in lautes Gelächter aus.

«Habt ihr noch zwei Minuten Zeit?»

Frank und Morten schauten sich verständnislos an, aber Gunvald war schon zum Telefon gelaufen.

Frank hatte die versprochene Kiste Bier spendiert, und nun saßen Morten und Merete und Frank und Ehlers um den Tisch und hörten sich Gunvalds Bericht an.

«Es ist so simpel, daß es fast schon genial ist», erklärte Gunvald. «Die ‹Preßkuchen zu Futterzwecken› sind natürlich Haschisch, jedenfalls ein gut Teil davon. Wir haben ja nicht alle Säcke kontrolliert. Aber diese Ware geht unter allen Umständen glatt durch den Zoll. Es ist ein anerkanntes Produkt, das von vielen Rinderzüchtern verwendet wird. Das größte Problem für diese Art von Verbrechen ist ja die Geldwäsche, und das war sozusagen von vornherein so gut wie gelöst. Preben Møller war Zwischenhändler, und er war sicher nicht der einzige. Als Bezahlung bekamen seine Helfer teils Hasch, teils Bilder, und Jens Rymose konnte sich schließlich erlauben, jede Summe zu verdienen. Ein Maler, der ‹in› ist, kann seine Preise selbst bestimmen. Und kein Mensch kann kontrollieren, wie viele Bilder er malt. Wenn also Rymose massenhaft Geld hatte, so bedeutete das, daß er viele Bilder verkaufte. Und wer viele Bilder verkauft, kann sich erlauben, mit den Preisen hinaufzugehen. Es hatte also eine doppelte Wirkung. Und Møller und vielleicht noch ein paar andere Beteiligte bekamen Bilder, die sie später zum doppelten Preis verkaufen konnten. Und das, ohne daß jemand unangenehme Fragen stellte. Jeder Maler hat in seinen Anfängen seine Bilder billig losschlagen müssen. Und Rymose hat seinen Stil kaum verändert, so daß man nicht mit Sicherheit sagen kann, aus welcher Periode jedes seiner Bilder ist. Ich habe gehört, daß man vor vier Jahren einen Jorn im Wirtshaus für zwei Bier kaufen konnte. Da gibt es einfach keine Schätzwerte. Und keine Galerie weiß, was und wieviel der einzelne Künstler produziert.»

Ehlers gluckste vor Lachen.

«Das ist mit das Raffinierteste, was mir bis jetzt untergekommen ist. Je mehr er an seinem Hasch verdiente, desto mehr konnte er den Preis für seine Bilder in die Höhe treiben.

Und je höher er seine Bilder ansetzte, desto mehr rissen sich die Leute darum. Also konnte er sich mit seinem Rassevieh beschäftigen und Bauer spielen und der joviale Mann sein und Schaftstiefel tragen und sich aufführen, wie er wollte. Es ist fast schade, Gunvald, daß du ausgerechnet hier Urlaub machen mußtest.»

«Wie oft hast du bis jetzt Futter für ihn transportiert, Frank?» erkundigte sich Morten.

«In den vergangenen sieben Jahren mindestens zweimal jährlich», überlegte Frank. «Bin ich jetzt mitschuldig?»

«Nein, so streng sind wir nun auch wieder nicht», grunzte Ehlers. «Aber er wird eine ganz schöne Überraschung erleben, wenn er nächste Woche heimkommt. Bis dahin haben wir auch den Bericht unserer technischen Abteilung. Die haben dann alle Säcke durch.»

«Und was ist mit Preben Møller?» Dafür interessierte sich Merete jetzt.

Ehlers schüttelte traurig den Kopf.

«Die Gerichtsmedizin sagt, Tod durch Überfahren, und da ist ja eigentlich alles drin. Außerdem hatte er einen beträchtlichen Alkoholspiegel, also kann er ohne weiteres über den Gehsteigrand hinausgetorkelt sein. Kein Mensch hat etwas gesehen oder gehört, und es gibt weder markante Bremsspuren noch Splitter von einem beschädigten Scheinwerfer oder Blinker eines Rolls Royce Silver Shadow oder sonstige Spuren. Und sollte er von einer Person mit gleich viel Promille überfahren worden sein, die sich in diesem Viertel eher inkognito aufgehalten hat, finden wir diesen Täter bestimmt nie.»

«Und was ist mit Rolf Beck?» fragte Frank.

«Nun, der wird sein Urteil wohl annehmen müssen», meinte Ehlers. «Und sein Vater muß lernen, damit zu leben. Aber wir haben ihm dafür zu danken, daß wir Rymose erwischt haben.»

«Und Rymose haben wir unsere Kiste Bier zu verdanken», lachte Morten.

Gunvald Larsson lehnte sich im Liegestuhl zurück, legte den Kopf weit nach hinten und ließ sich die Sonne ins Gesicht scheinen. Er schloß die Augen, und kleine rote und gelbe Sonnenflecke tanzten unter seinen Lidern.

Es schmerzte ihn, an Martin Beck und dessen Sohn Rolf zu denken. Aber wie Ehlers schon gesagt hatte, mußten die beiden ler-

nen, damit zu leben. Und jedenfalls war es für
Martin nicht mehr weit bis zur Pensionie-
rung. Rolf hatte jede Menge Zeit. Und Kir-
stine Jørgensen war wirklich ein reizendes
Mädchen. Rolf würde es bestimmt schaffen.
Die ganze Sache war eine Bagatelle.

«Ist noch ein Bier erlaubt?» erkundigte
sich Gunvald Larsson.

Jetzt hatte er endlich Urlaub.

Per Wahlöö

Lucia delle Fave

Ich frag mich, ob sie heute wohl freikommt»,
Luigi brach das Schweigen und spuckte quer
über die verwitterte niedrige Steinmauer hinunter in den Sand.

«Ist viel Fisch in der See», fügte er hinzu.
«Die aus den Abruzzen, die heute morgen
reingekommen sind, hatten eine erfolgreiche
Nacht.»

«Zwanzig Kisten Calamaris», stellte er
provozierend fest. «Die bringen einen ganzen Haufen Geld – denen.»

Er bewegte ungeduldig seinen Kopf und
blickte hinaus auf die See, die sich hellblau,
glatt und still bis zu jener unbestimmten Li-
nie hinzog, an der das gleißende Sonnenlicht
das Wasser aufzusaugen schien.

«Es müßte in ungefähr einer halben
Stunde eintreten», sagte er. «Also das Hoch-

wasser. Vielleicht macht es sie flott. Der Wasserstand ist heute etwas höher.»

Niemand antwortete.

Sie standen nebeneinander, die Arme auf die Brüstung gestützt und die Rücken der Sonne zugewandt, barfüßig in zerfetzten Hemden. Die Hosenbeine hatten sie bis zu den Kniekehlen hochgekrempelt. Luigi, Mateo, Giovanni, Aldo und Pietro, alle fünf hatten sie faltige, dunkelbraune Nacken und drei Tage alte Bartstoppeln am Kinn. Es war Mittwoch. Auf dem Hügelrücken über ihnen lag die Stadt wie eine uralte schmutziggraue Mütze, und dahinter zogen sich die langen weichen Wiesenflächen der Gargano-Halbinsel in faden olivgrünen Nuancen hin. Da draußen lag das Adriatische Meer, bleich, lauwarm und reglos. Und unten am Betonfundament der Brüstung sickerte ein kleines Rinnsal von den Bergen aus dem Sand hervor und floß langsam auf die Strandlinie zu. Nichts war zu hören, außer dem Summen der Fliegen rund um den Haufen alter ausrangierter Fischkisten und dem schabenden Geräusch, als Giovanni den rechten Fuß hob und sich mit dem rissigen Nagel des großen Zehs an der kräftigen linken Wade kratzte.

An der kurzen Zementpier, die rechtwinklig vom Strand in die See gebaut worden war, lag das Fischerboot *Lucia delle Fave* unbeweglich an seiner Vertäuung, mit dem Kiel eingebettet in die Sandbank, die sich sanft an das eingerammte Fundament der Mole schmiegte. So hatte sie elf Tage lang dagelegen, seit das letzte Hochwasser langsam abgelaufen war, und die Muscheln und das hellgrüne Seegras hatten bereits ihre Kletterpartie an den eisengrauen Planken hinauf begonnen. Sie war ein schönes altes Boot mit kräftigen, vertrauenerweckenden Linien, mit zwei Masten, ausgeleiertem Glühkolbenmotor und einem Steuerhaus im vorderen Teil. Das heißt ehrlich gesagt, so war sie gewesen. Sie hatte sechs Knoten machen können, wenn es sich ergab. Aber nun lag sie ganz still da, die Leinen hingen schlaff herab, und der Anker lag auf dem Land, halb im Sand vergraben.

«Bald müßte es hier sein, das Hochwasser», meinte Luigi. «Vielleicht macht es sie flott.»

Aldo griff hinter sein Ohr, nahm die halbe Zigarette, strich sie vorsichtig glatt und steckte sie in den Mundwinkel. Er zündete sie nicht an, sondern starrte die ganze Zeit hinunter auf etwas, das sich im Sand bewegte. Die anderen vier blickten auf die gleiche Stelle genau unter ihnen. Luigi, der der kleinste war, mußte sich ein wenig vornüberbeugen, um besser sehen zu können.

Ganz nahe an der rissigen Betonwand in dem schmalen Schatten der Mauer kroch ein großer schwarzer Käfer entlang. Er wohnte in den Hohlräumen unter den alten Fischkisten, und man konnte seine in den Sand gezeichnete Spur verfolgen, ein langes verwinkeltes und unsicheres Band. Jetzt hatte er gefunden, was er suchte, und war auf dem Heimweg. Er krabbelte rückwärts, rollte mühsam eine Kugel aus getrocknetem Eselsmist auf die Fischkästen zu. Die Mistkugel war eiförmig und unregelmäßig geformt, sie war mindestens doppelt so groß wie der ganze Käfer. Deshalb war es ein anstrengender und umständlicher Transport. Genau an der Schattenkante mußte der Käfer anhalten und eine hervorstehende Kante der Mistkugel abnagen. Er arbeitete langsam und methodisch und schliff die Unebenheit sorgfältig ab. Danach drehte er sich um, stemmte die Hinterbeine auf den Boden und rollte seine Last in die Sonne. Der Abstand zu den Fischkästen betrug etwa fünf Meter. Obwohl er die ganze Zeit über gezwungen war, rückwärts zu laufen, hielt der Käfer sich genau an seinen Kurs. Der erste Meter erstreckte sich über glatten, feuchten Sand und war ziemlich schnell überwunden. Die Augen der fünf Männer bewegten sich kaum merklich.

«Nachher wird es schwieriger», bemerkte Luigi. Er drehte sich um und blickte auf die See. Die weißblaue Endlosigkeit zwischen Himmel und Meer schien ein wenig näher gerückt zu sein, aber die Wasserfläche lag immer noch glatt und still vor ihm.

«Jetzt müßte das Wasser hier sein», überlegte er.

Der Käfer war aus dem feuchten Streifen Sand herausgekommen und steuerte geradewegs auf eine alte Planke zu, die dort halb im Sand vergraben herumlag. Das Holz war vom Meerwasser geschliffen und die Kanten abgerundet worden, tausend mikroskopisch kleine Kunsthandwerker hatten ein feines Muster hineingearbeitet. Als die Mistkugel dagegenstieß und plötzlich nicht mehr weiter zu bewegen war, ließ der Käfer los und lief eilig an dem Holzstück entlang, erst in die eine Richtung, dann in die andere, so als ob er die Entfernung abmessen wollte. Dann griff er wieder zu und schleppte die Kugel ungefähr fünf Zentimeter zurück, wuchtete sie herum und begann wiederum rückwärts auf das Brett zu und schräg daran vorbei zu krabbeln. Aber er hatte das Gelände auf der anderen Seite nicht untersucht. Hinter dem Hindernis befand sich eine tiefe Grube in dem losen Sand, vielleicht ein alter Fußabdruck. Die Mistkugel hing einen Moment lang auf der Kante der Vertiefung, und der Käfer mühte sich, sie dort festzuhalten, aber die schwache Kante gab nach, und die schwere Last entglitt ihm. In einer kleinen dünnen Staubwolke rollte sie hinunter auf den Boden der Grube. Links und rechts rutschte der feine Sand in schmalen Streifen hinterher. Der Käfer umrundete die Grube, und als er eine Stelle gefunden hatte, an der die Kante einigermaßen fest zu sein schien, begann er hinunterzuklettern. Rückwärts, ganz langsam und vorsichtig. Aber die Festigkeit der von der Sonne ausgetrockneten Kante war trügerisch, und gerade als er sich hinunterlassen wollte, brach die Kante unter den Vorderbeinen des Käfers. Er verlor den Halt und rollte den kleinen Abhang hinunter.

Die fünf Männer konnten senkrecht in die Grube hineinblicken.

Der Käfer lag neben der Mistkugel auf dem Rücken. Eine ganze Minute ließ er sich Zeit, lag ganz ruhig da und begann dann mit dem Versuch, sich umzudrehen, indem er sich mit den Beinen auf seiner linken Seite gegen die Mistkugel stemmte. Entscheidend dabei waren die Balance, das Gewicht und ein behutsames Vorgehen. Aber es gelang ihm erst beim fünften Versuch, und als der Käfer sich aufgerichtet hatte, lief er einmal rund um den Boden der Grube. Danach kletterte er an der gleichen Stelle, an der er heruntergefallen war, hinauf bis oben an die Kante, ließ sich hinuntergleiten und wiederholte diese Prozedur dreimal. Auf diese Weise entstand so etwas wie eine kleine Rampe im Sand.

«So schafft er das nie», urteilte Luigi, als der Käfer die Mistkugel an den richtigen Platz bugsierte und damit anfing, sie die kleine Rampe hinaufzuschieben.

Auf halbem Wege nach oben war Schluß. Vor dem Eselsmist hatte sich ein kleiner Sandwall gebildet, und die Vorderbeine des Käfers arbeiteten umsonst in der lockeren Unterlage. Das Muster ähnelte den Reifen

eines rutschenden Autos in frisch gefallenem
Schnee. Nach zwei Minuten mußte er aufgeben und rutschte mitsamt seiner Beute zurück auf den Grund.

Hinter den Rücken der Männer hatte die
See ganz schwach zu rauschen begonnen. Die
erste zögernde kleine Welle des Hochwassers
kräuselte die Wasseroberfläche.

Der Käfer trampelte auf seiner Rampe rauf
und runter. Dann nahm er langsam einen
zweiten Anlauf. Diesmal kam er weiter
voran, und die Kugel war bereits dicht unter
der Kante, als die herunterrieselnden Sandkörner sich vor ihr stauten und der Käfer
wieder im Leerlauf arbeitete. Der Sand rann
nadelfein um seine behaarten Beine.

Aldo kramte aus seiner Hosentasche ein
Streichholz aus Wachspapier hervor und
hielt es zwischen den Fingern, ohne die Mistkugel aus den Augen zu lassen.

«Das klappt nicht», sagte Luigi.

Aber diesmal dachte der Käfer nicht daran
aufzugeben. Es war ihm geglückt, eine kleine
dünne Muschel als Halt für sein rechtes Vorderbein zu finden. Er stützte sich darauf ab
und konnte auf diese Weise die Kugel an ihrem Platz halten, ohne die ganze Zeit über

mit den Beinen arbeiten zu müssen. Nach einer kurzen Verschnaufpause änderte er vorsichtig seine Stellung mit dem linken Vorderbein, nahm dann, so als ob er das Überraschungsmoment nutzen wollte, alle Kraft zusammen. Die Mistkugel wurde angehoben, und für einen Augenblick sah es so aus, als ob sie aus seiner Umklammeiung gleiten und über den Rücken des Tieres wieder hinunterrollen würde. Aber der Käfer stemmte sich weiter gegen die Muschel und hob mit einer gewaltigen Kraftanstrengung seine Beute auf die Kante. Dann ließ er los und taumelte ermattet hinunter in die Grube. Nach einer Weile kletterte er wieder hinauf, inspizierte den Eselsmist von allen Seiten und begann, ihn in Richtung der Fischkästen zu schieben. Es lag so etwas wie freudiger Eifer in seinen Bewegungen.

Aldo nahm sich Feuer und zündete seine Zigarette an.

Zwischen dem Käfer und den Fischkästen gab es nun nur noch ein einziges Hindernis von Bedeutung; das kleine Rinnsal frischen Wassers, das in seinem kaum wahrnehmbaren Bett dahinfloß. Aber bis dahin war der Weg noch weit.

Das Hochwasser kam vom Meer herein, leise rauschend spülte es spielerisch um die Muscheln und die kleinen Steine an der Strandkante. Luigi blickte auf das Fischerboot, das immer noch unbeweglich dalag. Die vier anderen verfolgten träge den Weg des Käfers über die ebene Fläche.

Hoch über ihnen wurde der langgezogene Schrei einer Möwe zwischen den Abhängen hin und her geworfen. Zwischen den Fischernetzen auf der Zementplatte unterhalb der ungleichmäßig aufgetürmten Häuser trieb ein Hirtenjunge eine Herde Schweine hinunter zu der mageren Weide am Strand.

Lucia delle Fave lag unbeweglich in ihrer schlaffen Vertäuung.

«Das ist nun fünfzehn Jahre her, seit die Marine an der Pier gebaggert hat», murrte Luigi. «Bald können wir sie überhaupt nicht mehr benutzen. Und wie soll es dann weitergehen?»

Das Hochwasser wurde stärker. Die erste richtige Welle brach sich und schäumte über den Strand.

Der Käfer schob seine Mistkugel rasch auf das Rinnsal zu. Er hielt einen schnurgraden Kurs.

Die zweite Woge warf sich gegen die ausgewaschene Zementwand der Mauer, gluckste an der Bordwand des Fischerbootes entlang und brach sich schäumend am Strand.

Lucia delle Fave lag ganz ruhig da.

Aldo nahm die Kippe aus dem Mund und ließ sie dicht neben seine Füße auf den Boden fallen. Mit dem nackten Hacken trat er sie aus.

Der Käfer hatte das kleine Rinnsal erreicht und krabbelte nachdenklich an der Kante entlang, die feucht und fest war und einen vertrauenerweckenden Eindruck machte. Die Mistkugel lag rund und schön ein Stückchen davon entfernt. Der Käfer kletterte hinunter und wanderte an dem langsam fließenden Wasser hin und her. An einer Stelle lief er in den flachen Strom, kam aber sofort zurück. Wie in Gedanken versunken, verharrte er regungslos. Er sah aus wie ein Ingenieur, der die Voraussetzungen für einen Brückenschlag prüft.

«Wenn die dritte Woge kommt, ist es so hoch, wie es überhaupt nur werden kann», sagte Luigi.

Der Käfer hatte nun offenbar seinen Ent-

118

schluß gefaßt und krabbelte zur Mistkugel
zurück. Er rollte sie zielbewußt zu der ausge-
suchten Stelle, nahm Anlauf und stieß sie an.
Der Eselsmist rollte von allein aus eigener
Kraft die niedrige Böschung hinunter, prallte
leicht auf eine Unebenheit und kullerte beinahe ganz über den kleinen Wasserlauf. Der
Käfer blieb noch einen Moment stehen, so als
ob er das Ergebnis kontrollieren wollte, dann
kletterte er hinterher, um seine Arbeit zu
vollenden.

Zum drittenmal kam eine Welle auf den
Strand zu und brach sich schäumend an der
Pier. Ein Zittern ging durch den Rumpf der
Lucia delle Fave, sie schaukelte leicht, und
fast kam der Kiel von der Sandbank frei, eine
der Festmacherleinen knarrte.

«Wenn wir den Motor angelassen hätten,
wäre sie jetzt frei», brummte Luigi.

Von der Welle war jetzt nichts mehr
zu spüren, aber das Fischerboot lag nicht
mehr regungslos da. Es schwankte langsam
und beinahe unmerklich, als ob es versuchen wollte, sich mit eigener Kraft aus
dem nachlassenden Griff des Sandes zu
befreien.

«Wenn wir die Jolle nehmen und den An-

ker hochziehen, können wir sie rausziehen»,
schlug Luigi vor.

«Sie ist jetzt beinahe flott», fügte er hinzu.

Die vier anderen starrten auf die *Lucia
delle Fave*.

«Beinahe», wiederholte Giovanni, der der
Älteste war.

Der Käfer hatte sich die gegenüberliegende
Kante hinaufgequält, und nun fehlte nur
noch ein kleines Stück bis zu den Fischkästen. Er nahm die Kugel wieder zwischen die
Hinterbeine und begann sie zu rollen. Jetzt
bewegte er sich zum erstenmal in seiner alten
Spur.

Sie hörten die dumpfen Laute von nackten
Fußsohlen auf dem Sand. Ein kleines halb-
nacktes Kind mit von der Sonne beinahe
schwarz gebrannter Haut kam hüpfend auf
das Wasser zugelaufen. Als es auf der Höhe
der fünf Männer war, blieb es stehen und sah
mit großen nachdenklichen Augen zu ihnen
hinauf. Dann blickte es auf den Käfer, der
sich nur wenige Dezimeter von den nackten
Füßen entfernt abmühte, und wandte sich
danach wieder dunkel und fragend den Ge-
sichtern der Männer zu.

«Jetzt werdet ihr sehen, daß der verdammte Balg ihn totschlägt», argwöhnte Luigi und starrte auf den Käfer, der nur noch einen halben Meter bis zu den Fischkästen vor sich hatte.

Das Kind betrachtete den Käfer einige Sekunden lang. Dann drehte es sich um und lief weg, ohne ein Wort gesagt zu haben.

Das Meer war wieder zur Ruhe gekommen. Nur ein leises Rauschen war zu hören, als das Wasser von dem hungrigen, sonnengetrockneten Sand aufgesogen wurde. Das Boot lag beinahe wieder regungslos da.

«Jetzt beginnt es abzulaufen, das Hochwasser», Luigi resignierte.

Der Käfer war jetzt bis zu den Fischkästen gekommen. Die Mistkugel lag bereits an der Kante des Loches. Das Tier krabbelte drumherum, gemächlich und ohne Hast, wie ein müder, aber zufriedener Tagelöhner. Vielleicht untersuchte er die beste Art und Weise, seine Beute einzubringen, ohne den Bau zu beschädigen. Dann drehte er sich um und ging daran, den Eselsmist hineinzuschubsen.

Die nackten Füße stapften schnell durch den Sand. Das Kind blickte einmal unsicher in die Runde, bevor es den Käfer entdeckte. In seiner kleinen krampfhaft geschlossenen

Hand hielt es ein altes rostiges Fischmesser mit abgebrochener Klinge. Es ließ sich geschickt federnd in die Hocke nieder. Der erste Schnitt trennte zwei Beine vom Körper des Käfers. Die lagen dicht behaart und gekrümmt neben ihm. Der zweite Schnitt traf mit einem leicht knirschenden Laut den Rückenpanzer, der dabei zu Bruch ging. Der Käfer war nur noch eine schwarze undefinierbare Masse. Die Mistkugel blieb auf der Kante liegen. Das Kind stand auf, blickte die Männer mit offenem schwarzem Mund an und gab ein kurzes, gutturales, triumphierendes Lachen von sich. Dann lief es davon.

Tap, tap, tap. Kleine nackte Fußsohlen im Sand.

Das Boot lag bewegungslos da. Die Wasseroberfläche war bleich und spiegelglatt.

Der Rumpf sank langsam in den saugenden Sand.

«Übrigens gibt es hier kaum ein richtiges Hochwasser», sagte Luigi.

Er war ein Fremder, von einer anderen Küste.

Die anderen sahen ihn schwermütig an und begannen, hinauf in die Stadt zu gehen.

Nach drei Schritten kam Aldo noch mal zurück. Er hob die zentimeterlange Kippe auf und steckte sie in die Tasche. Dann folgte er langsam den anderen.

50 JAHRE ROWOHLT ROTATIONS ROMANE

50 Taschenbücher im Jubiläumsformat
Einmalige Ausgabe

Paul Auster, *Szenen aus «Smoke»*
Simone de Beauvoir, *Aus Gesprächen mit Jean-Paul Sartre*
Wolfgang Borchert, *Liebe blaue graue Nacht*
Richard Brautigan, *Wir lernen uns kennen*
Harold Brodkey, *Der verschwenderische Träumer*
Albert Camus, *Licht und Schatten*
Truman Capote, *Landkarten in Prosa*
John Cheever, *O Jugend, o Schönheit*
Roald Dahl, *Eine Kleinigkeit*
Karlheinz Deschner, *Bissige Aphorismen*
Colin Dexter, *Phantasie und Wirklichkeit*
Joan Didion, *Wo die Küsse niemals enden*
Hannah Green, *Kinder der Freude*
Václav Havel, *Von welcher Zukunft ich träume*
Stephen Hawking, *Ist alles vorherbestimmt?*
Elke Heidenreich, *Dein Max*
Ernest Hemingway, *Indianerlager*
James Herriot, *Sieben Katzengeschichten*
Rolf Hochhuth, *Resignation oder Die Geschichte einer Ehe*
Klugmann/Mathews, *Kleinkrieg*
D. H. Lawrence, *Die blauen Mokassins*
Kathy Lette, *Der Desperado-Komplex*
Klaus Mann, *Der Vater lacht*
Dacia Maraini, *Ehetagebuch*
Armistead Maupin, *So fing alles an ...*
Henry Miller, *Der Engel ist mein Wasserzeichen*

50 JAHRE ROWOHLT ROTATIONS ROMANE

Nancy Mitford, *Böse Gedanken einer englischen Lady*
Toni Morrison, *Vom Schatten schwärmen*
Milena Moser, *Mörderische Erzählungen*
Herta Müller, *Drückender Tango*
Robert Musil, *Die Amsel*
Vladimir Nabokov, *Eine russische Schönheit*
Dorothy Parker, *Dämmerung vor dem Feuerwerk*
Rosamunde Pilcher, *Liebe im Spiel*
Gero von Randow, *Der hundertste Affe*
Ruth Rendell, *Wölfchen*
Philip Roth, *Grün hinter den Ohren*
Peter Rühmkorf, *Gedichte*
Oliver Sacks, *Der letzte Hippie*
Jean-Paul Sartre, *Intimität*
Dorothy L. Sayers, *Eine trinkfeste Frage
des guten Geschmacks*
Isaac B. Singer, *Die kleinen Schuhmacher*
Maj Sjöwall/Per Wahlöö, *Lang, lang ist's her*
Tilman Spengler, *Chinesische Reisebilder*
James Thurber, *Über das Familienleben der Hunde*
Kurt Tucholsky, *So verschieden ist es
im menschlichen Leben*
John Updike, *Dein Liebhaber hat eben angerufen*
Alice Walker, *Blicke vom Tigerrücken*
Janwillem van de Wetering, *Leider war es Mord*
P. G. Wodehouse, *Geschichten von Jeeves und Wooster*

Programmänderungen vorbehalten

MAJ SJÖWALL/PER WAHLÖÖ

Alarm in Sköldgatan
rororo 2235

Das Ekel aus Säffle
rororo 2294

Endstation für neun
rororo 2214

Der Mann auf dem Balkon
rororo 2186

Der Mann, der sich in Luft auflöste
rororo 2159

Der Polizistenmörder
rororo 2390

Die Terroristen
rororo 2412

Die Tote im Götakanal
rororo 2139

Und die Großen läßt man laufen
rororo 2264

Verschlossen und verriegelt
rororo 2345

Die zehn Romane
mit Kommissar Martin Beck
Kassette mit 10 Bänden
rororo 3177